L'HORLOGE ENCHANTÉE

DANS LA MÊME COLLECTION

Çhair de poule
28

L'HORLOGE ENCHANTÉE

R.L. STINE

Traduit de l'anglais par
Nicole Ferron

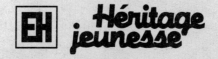

Données de catalogage avant publication (Canada)

Stine, R. L.

L'horloge enchantée

(Chair de poule ; 28)
Traduction de : The Cuckoo Clock of Doom.
Pour les jeunes.

ISBN : 2-7625-8389-6

I. Titre. II. Collection: Stine, R. L. Chair de poule ; 28.

PZ23.S85Ho 1996   j813'.54   C95-941648-X

The Cuckoo Clock of Doom - Series Goosebumps®
Copyright © 1994 by Parachute Press, Inc. - All rights reserved
publié par Scholastic Inc.

Version française
© Les éditions Héritage inc. 1996
Tous droits réservés

Dépôts légaux : 1er trimestre 1996
Bibliothèque nationale du Québec
Bibliothèque nationale du Canada

ISBN : 2-7625-8389-6   Imprimé au Canada

LES ÉDITIONS HÉRITAGE INC.
300, rue Arran, Saint-Lambert (Québec) J4R 1K5
(514) 875-0327

CHAIR DE POULE® est une marque de commerce de Parachute Press, Inc.

1

— Ton lacet est défait, Michel.

Ma petite sœur Sarah est assise dans l'escalier, deux marches plus bas. C'est sûrement une autre de ses blagues idiotes.

Je ne suis quand même pas dupe. Si je baisse les yeux, elle me donnera une claque sous le menton ou fera une stupidité du même acabit.

— Cette fois-ci, tu ne m'auras pas avec tes tours pendables, lui dis-je.

Maman vient de nous avertir que le souper est prêt. Il y a une heure, pourtant, elle nous a chassés de la maison parce qu'elle ne pouvait plus supporter nos chamaillages.

Mais comment ne pas se quereller avec Sarah? Avec elle, les farces de mauvais goût se succèdent à la vitesse de l'éclair.

— Je ne blague pas, insiste-t-elle. Ta chaussure est détachée et tu vas tomber.

— Arrête Sarah! Ça suffit! fais-je en montant l'escalier.

Mais ma chaussure gauche semble collée au ciment. Je lève la jambe plus haut.

— Ouache!

J'ai posé le pied sur quelque chose de gluant. Je regarde ma sœur de travers.

C'est une petite maigre avec une grande bouche rouge de clown et des cheveux bruns qu'elle coiffe en queue de cheval.

Je déteste qu'on dise qu'elle me ressemble. D'abord, mes cheveux ne sont pas longs, ils sont courts et épais. Ensuite, ma bouche a une taille normale et personne n'a jamais dit que je ressemblais à un clown.

Je suis un peu petit pour mon âge, mais pas maigre.

Je ne ressemble pas à Sarah.

Elle me guette toujours en ricanant.

— Tu aurais mieux fait de regarder, chantonne-t-elle.

Je baisse les yeux sur ma chaussure… qui n'est pas détachée, bien sûr. Mais je viens de marcher dans de la gomme à mâcher et, si j'avais daigné jeter un coup d'œil à mes lacets, je l'aurais vue aussi.

Mais Sarah savait pertinemment que je ne regarderais pas, surtout si c'était elle qui m'avertissait.

Encore une fois piégé par Sarah la satanique!

— Tu vas me payer ça, Sarah, marmonné-je.

J'essaie alors de l'agripper, mais elle se faufile dans la maison. Je la pourchasse jusque dans la cuisine où elle se cache derrière le dos de maman en criant.

— Maman! Maman! Cache-moi! Michel veut m'attraper!

Comme si elle avait peur de moi. Non mais quelle comédienne!

— Michel Rouleau! crie ma mère. Arrête de poursuivre ta petite sœur.

Elle jette ensuite un regard sur mes pieds.

— Est-ce que ça vient de dessous ta chaussure toute cette gomme? Oh! tu en mets partout! Va nettoyer ça!

— C'est Sarah qui m'a fait marcher dedans! me lamenté-je.

— Penses-tu que je vais te croire? demande ma mère en fronçant les sourcils. Tu es encore en train de tout inventer.

— Non!

— Si tu veux raconter des mensonges, Michel, inventes-en au moins qui se tiennent debout.

— Ouais, Michel, fait Sarah qui pointe le nez de derrière maman en riant.

Avec cette petite peste de sœur, c'est toujours moi qui finis les deux pieds dans les plats. Mes parents me blâment sans arrêt pour des fautes qu'elle commet. Mais «sainte Sarah» a-t-elle jamais fait quelque chose de répréhensible? Jamais! C'est un ange. Ce chérubin n'a pas un gramme de malice.

J'ai douze ans; Sarah en a sept. Pour tout vous dire, la «satanique» a transformé mes sept dernières années en un véritable enfer.

Dommage que je ne me rappelle plus mes cinq premières années, les années «pré-Sarah». Comme elles ont dû être paisibles et amusantes!

Je retourne sur le balcon et essuie la gomme sous ma semelle. J'entends alors la sonnette et papa qui crie:

— Je réponds!

Toute la famille se masse devant la porte d'en avant. Deux hommes transportent avec peine un lourd objet à l'intérieur. Quelque chose de long et d'étroit, enveloppé d'une grande couverture matelassée grise.

— Attention! les avertit papa. C'est très vieux. Apportez ça ici.

Papa guide les deux hommes jusque dans le salon et ces derniers déposent l'objet sur l'une de ses extrémités et commencent à le déballer. C'est aussi large que moi mais plus haut.

— Qu'est-ce que c'est? demande Sarah.

Papa ne répond pas tout de suite. Il frotte d'abord ses mains de plaisir anticipé. Babou, notre chat, se glisse dans la pièce et frôle les jambes de papa.

En tombant, le tissu matelassé nous dévoile une très vieille horloge. Elle est presque toute noire, avec des dessins or, bleu et argent, et décorée de volutes, sculptures, fioritures et boutons.

Le cadran lui-même est blanc et entouré d'aiguilles dorées et de chiffres romains. De petites portes secrètes sont camouflées sous les enluminures et une grande porte flanque le devant de l'horloge.

Les livreurs replient le tissu, papa leur remet de l'argent et ils quittent la maison.

— N'est-elle pas magnifique? lance papa. C'est une horloge antique que j'ai obtenue pour un prix dérisoire. Vous vous rappelez ce magasin d'antiquités en face du bureau?

Nous hochons la tête tous les trois.

— *Aux merveilles d'autrefois* est là depuis quinze ans, reprend papa en caressant l'horloge. Toutes les fois que je passais devant la boutique, je m'arrêtais et regardais l'horloge. Je l'ai toujours aimée. Le propriétaire l'a finalement soldée.

— C'est beau, fait Sarah.

— Mais tu as marchandé pendant des années et l'antiquaire a toujours refusé d'en baisser le prix, dit maman. Pourquoi change-t-il d'idée maintenant?

— Je suis entré dans le magasin à l'heure du dîner et il m'a dit avoir trouvé un petit défaut à l'horloge, fait papa, radieux.

— Où? demandé-je en inspectant l'objet.

— Il ne me l'a pas dit. Voyez-vous quelque chose, les enfants?

Sarah et moi scrutons l'horloge à la recherche d'imperfections. Il ne manque aucun chiffre et les deux aiguilles sont bien en place. Je ne vois ni coups ni égratignures.

— Rien qui cloche, dit Sarah.

— Je ne vois rien non plus, ajouté-je.

— Ni moi, approuve papa. Je ne sais pas de quoi parlait le propriétaire. Je lui ai dit que j'achetais son horloge de toute façon. Il a bien essayé de m'en dissuader, mais j'ai insisté. Si le défaut est si petit que nous ne pouvons le trouver, quelle différence cela fait-il? Et puis, j'adore cette horloge!

— Je ne sais pas, mon chéri, commence maman après s'être éclairci la voix, mais est-ce que cet objet est bien à sa place dans cette pièce?

Je devine à son air que maman n'est pas aussi emballée que papa par cet achat.

— Où pourrions-nous la mettre?

— Eh bien… dans le garage peut-être?

— Ah! Ah! Tu rigoles! s'esclaffe papa.

Maman secoue simplement la tête. Non! elle ne blaguait pas. Mais il semble qu'elle n'ait rien d'autre à dire pour expliquer son étrange proposition : alors, elle se tait.

— Je pense que cette horloge est tout ce qu'il manquait au salon, ma chérie.

Sur le côté droit de l'horloge, j'aperçois un petit cadran avec une seule aiguille. De minuscules chiffres, qui vont de 1800 à 2000, sont peints en noir autour du cadran. L'aiguille pointe 1995 sans bouger.

Sous le cadran, un petit bouton doré est inséré dans le bois.

— Ne touche pas à ce bouton, Michel, m'avertit papa. Ce cadran indique l'année en cours et le bouton fait bouger l'aiguille.

— C'est idiot, fait maman. Qui peut avoir besoin qu'on lui rappelle en quelle année on est?

— Regardez, continue papa sans relever la remarque de maman, l'horloge a été fabriquée en 1800, la première année du cadran. Chaque année, l'aiguille avance d'une ligne pour indiquer la date.

— Alors pourquoi arrête-t-elle à 2000? demande Sarah.

— Je ne sais pas, répond papa en haussant les épaules. Je parie que le fabricant ne pouvait imaginer qu'on dépasserait l'an 2000 ou que son horloge durerait plus longtemps.

— Peut-être pensait-il que le monde s'éteindrait en 1999? dis-je.

— Pourquoi pas, fait papa. De toute façon, ne touche pas au cadran. En fait, j'aimerais que personne ne touche à l'horloge. C'est très vieux, et très fragile. D'accord ?

— D'accord, papa, répond Sarah.

— Promis juré, dis-je à mon tour.

— Regardez, dit maman en pointant le cadran du doigt. Il est déjà dix-huit heures, l'heure du souper...

Maman est interrompue par un gong. Une petite porte en haut du cadran s'ouvre et un oiseau en jaillit. Il a une tête affreuse et il fonce directement sur moi.

— Il est vivant ! m'écrié-je.

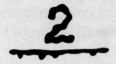

Coucou! Coucou!

L'oiseau agite ses plumes jaunes et ses yeux bleus irréels me fixent. Il s'égosille à six reprises, puis il réintègre l'horloge. La petite porte se referme.

— Il n'est pas vivant même s'il en a l'air, Michel, dit papa en riant.

— Cervelle d'oiseau! me taquine encore Sarah en me pinçant. Tu as eu peur d'un coucou empaillé!

— Lâche-moi! fais-je en lui donnant une poussée.

— Ne pousse pas ta sœur, Michel, me sermonne maman. Tu es trop fort pour elle. Tu pourrais la blesser.

— Ouais, ajoute ma sœur.

Papa admire toujours son horloge sans s'intéresser à ce qui se passe autour de lui.

— Je ne suis pas surpris que ce coucou t'ait fait peur, dit-il. Cette horloge vient de la Forêt-Noire, en Allemagne. On dit qu'elle est enchantée.

— Enchantée? répété-je. Tu veux dire magique? Comment?

— La légende raconte que l'homme qui l'a cons-truite avait des pouvoirs magiques. On dit que son horloge est enchantée et que, si on en connaît le se-cret, on peut remonter le temps.

— Est-ce le propriétaire qui t'a raconté ça? se moque maman. Quel *vendeur*! Affirmer que cette vieille horloge a des pouvoirs magiques!

Papa ne veut pas qu'on lui gâte son plaisir.

— On ne sait jamais... ajoute-t-il. Ça pourrait être vrai. Qui sait?

— Richard, le gronde maman, j'espère que tu vas cesser de raconter ces sornettes aux enfants. C'est mauvais pour eux et ça stimule l'imagination débor-dante de Michel. J'ai assez de problèmes comme ça avec ses histoires à dormir debout... il doit tenir de toi d'ailleurs!

— Je n'invente rien! protesté-je. Je dis toujours la vérité!

Comment maman peut-elle m'accuser de la sorte?

— Je crois qu'il est bon que les enfants se servent de leur imagination de temps à autre, décrète papa.

— L'imagination est une chose, fait maman. Les mensonges et les bobards en sont une autre.

Je fulmine. Maman est affreusement injuste avec moi. Et le pire, c'est de voir l'expression de triomphe sur le visage de ma sœur. On dirait que sa mission sur Terre est de me rendre totalement grotesque. J'aimerais tellement effacer ce petit sourire de sa fi-gure pour les quelques siècles à venir.

— Le souper est prêt, annonce maman en quit-tant le salon, le chat sur les talons. Michel, Sarah, allez vous laver les mains.

— Et rappelez-vous, nous avertit encore papa, personne ne touche à l'horloge.

— Compris, papa, lui dis-je.

Le repas sent bon ; je m'élance dans la salle de bains. Lorsque je passe devant elle, Sarah me marche sur le pied.

— Aïe !

— Michel ! crie papa. Cesse de faire tant de bruit.

— Mais, papa, Sarah m'a sauté sur le pied.

— Ça ne doit pas faire si mal, Michel. Elle est beaucoup plus petite que toi.

Je boite jusque dans la salle de bains. Sarah me suit.

— Bébé ! lance-t-elle.

— Va jouer dans le trafic, Sarah.

Pourquoi est-ce moi qui ai hérité de la pire sœur au monde ?

Il y a des pâtes à la sauce aux tomates et du brocoli pour souper. Maman est toujours dans sa phase *sans viande, sans gras*. Hier, c'était pire : de la soupe aux lentilles.

— Tu sais, ma chérie, se plaint papa, un hamburger une fois de temps en temps, ça n'a jamais tué personne.

— Je ne suis pas de ton avis, dit maman.

La discussion est close. Nous avons tous entendu ses longs discours sur la viande, le gras et les additifs (les méchants chimiques) alimentaires.

Papa recouvre ses pâtes d'une épaisse couche de parmesan.

— Peut-être qu'on devrait limiter l'accès au salon pour un bout de temps, suggère-t-il tout à coup. Ça me donne le frisson de penser que vous pourriez briser l'horloge en jouant.

— Mais papa, dis-je, il faut que je fasse mon devoir dans le salon ce soir. C'est sur le transport à travers les âges et j'aurai probablement besoin de consulter tous les tomes de l'encyclopédie.

— Tu ne pourrais pas les monter dans ta chambre?

— Les dix volumes au complet?

— Non, c'est vrai, soupire papa. Bon, tu peux travailler dans le salon ce soir.

— Moi aussi, j'ai besoin de l'encyclopédie, annonce Sarah.

— Pas vrai, dis-je.

Je suis certain qu'elle veut être là pour m'embêter.

— Oui! Je dois faire une recherche sur la ruée vers l'or.

— Tu inventes tout ça. On n'étudie pas la ruée vers l'or en deuxième année, mais en quatrième.

— Qu'est-ce que tu en sais? Madame Rolin nous enseigne la ruée vers l'or maintenant. Peut-être qu'on est plus intelligents que dans ton temps.

— Vraiment, Michel, coupe maman. Si Sarah dit qu'elle a besoin de se servir de l'encyclopédie, pourquoi en faire tout un plat?

Je soupire et enfourne une grosse bouchée de pâtes pendant que Sarah me tire la langue.

«Ça ne donne rien de parler, me dis-je. Je ne réussis qu'à me mettre un peu plus dans le pétrin.»

J'apporte mon sac à dos dans le salon après le souper. Aucun signe de Sarah... jusqu'à maintenant. Je vais peut-être réussir à finir mon devoir avant qu'elle ne vienne m'empoisonner l'existence.

Je laisse tomber mes livres sur le bureau de papa. L'horloge attire mon regard. Elle est plutôt laide, mais j'aime bien examiner tous ces boutons. On dirait vraiment qu'elle est magique.

Je pense tout à coup au défaut dont papa nous a parlé. Je me demande ce que c'est. Une bosse? Un boulon qui manque dans un des engrenages? Peutêtre une éraflure?

Je jette un œil vers la porte du salon. Babou y entre en ronronnant. Je me penche pour le caresser.

Maman et papa sont encore dans la cuisine. Je pense que je peux inspecter l'horloge d'un peu plus près.

Tout en faisant bien attention de ne toucher à aucun bouton, j'observe le cadran indicatif des années. Je fais courir mes doigts le long d'un dessin argent sur le bord de l'horloge. Je regarde la petite porte qui cache le coucou.

Je n'aimerais pas être surpris de nouveau par l'oiseau. Je vérifie l'heure : dix-neuf heures cinquantecinq.

Sous la petite porte, j'en aperçois une autre, plus grande. Je touche son bouton en or.

Qu'y a-t-il derrière cette porte? Peut-être tous les engrenages ou le pendule.

Je regarde de nouveau par-dessus mon épaule. Personne ne me voit. Je ne risque rien à jeter un rapide coup d'œil derrière la grande porte.

Je tourne le bouton, la porte est coincée. Je tire plus fort.

La porte s'ouvre toute grande.

Et je pousse un cri lorsqu'un monstre vert sort de l'horloge, se jette sur moi et me fait tomber.

— Maman! Papa! Au secours!

Le monstre lève ses longues griffes vers moi. Je me couvre le visage, m'attendant au pire.

— Guili-guili! gargouille le monstre en me chatouillant de ses griffes.

J'ouvre les yeux. C'est Sarah! Sarah dans son vieux costume d'halloween!

Elle se tord de rire sur le plancher.

— C'est si facile de te faire peur! crie-t-elle. Tu aurais dû te voir l'air quand j'ai bondi de l'horloge!

— Ce n'est pas drôle! m'écrié-je. Ce n'est…

Coucou, coucou, coucou, coucou!

L'oiseau jaillit de l'horloge et se met à chanter. Bon, c'est vrai, il me fait encore peur, mais Sarah est-elle vraiment obligée de rire comme une folle en se tenant les côtes?

— Qu'est-ce qui se passe ici? demande papa du pas de la porte, le doigt pointé sur son horloge. Pourquoi cette porte est-elle ouverte? Michel, je t'avais dit de te tenir loin de cette horloge!

— MOI ? m'écrié-je.

— Il essayait d'attraper le coucou, ment Sarah.

— Je m'en doutais, grogne papa.

— Papa, ce n'est pas vrai, c'est Sarah qui…

— Arrête, Michel. J'en ai assez de toujours t'entendre accuser ta sœur chaque fois que quelque chose ne va pas. Ta mère a peut-être raison après tout : j'ai sans doute trop stimulé ton imagination.

— Ce n'est pas juste ! crié-je. Je n'ai pas d'imagination ! Je n'invente jamais rien !

— Il ment, papa, fait Sarah. Je suis entrée et il jouait avec l'horloge. J'ai même essayé de l'en empêcher.

Papa hoche la tête, gobant chacun des mots de sa précieuse petite Sarah.

Je ne peux rien faire d'autre que de courir m'enfermer dans ma chambre.

Sarah est la pire calamité au monde et elle n'est jamais blâmée. Elle a même gâché mon anniversaire.

J'ai eu douze ans il y a trois jours. D'habitude, les gens aiment bien leur anniversaire parce qu'ils s'y amusent, non ?

Pas moi. Sarah s'assure toujours que mon anniversaire sera la pire journée de l'année… du moins l'une des pires.

D'abord, elle a abîmé mon cadeau.

Je savais que mes parents étaient excités à l'idée de me l'offrir. Ma mère ne cessait de courir à droite et à gauche en disant : «Ne va pas dans le garage, Michel ! Quoi qu'il arrive, ne va pas dans le garage !»

Je savais bien qu'elle y avait caché mon présent,

mais juste pour lui rendre la chose plus difficile, je lui ai demandé :

— Pourquoi pas ? Pourquoi est-ce que je ne pourrais pas aller dans le garage ? Le loquet de ma porte est brisé et j'ai besoin d'emprunter des outils à papa...

— Non ! Non ! s'est-elle exclamée. Demande à ton père de le faire lui-même. Tu ne peux pas y aller parce que... eh bien... il y a plein de détritus, de déchets làdedans. Des montagnes de vieilles ordures. Tu tomberais sûrement malade rien que de les sentir !

Quel magnifique mensonge ! Pauvre maman. Et elle continue d'affirmer que c'est de papa que je tiens mon imagination !

— T'en fais pas, maman, lui ai-je promis. Je n'irai pas dans le garage.

Et je n'y suis pas allé, même si mon loquet était vraiment brisé. Je ne voulais surtout pas gâcher son effet de surprise.

Ils m'organisaient toute une fête dans l'après-midi et plusieurs de mes amis étaient invités. Maman avait fait un gâteau et préparé des tas de friandises. Papa courait partout dans la maison, disposant des chaises et décorant les pièces avec des guirlandes de papier crépon.

— Papa, voudrais-tu réparer le loquet de ma porte de chambre, s'il te plaît ?

Je tiens à mon intimité et j'ai besoin d'un loquet. C'est Sarah qui l'avait brisé une semaine auparavant en donnant un coup dans la porte.

— Bien sûr, Michel, a dit papa. Après tout, tu es le roi de la journée.

— Merci.

Papa est allé chercher son coffre à outils et a réparé la porte. Pendant ce temps, Sarah rôdait dans la salle à manger en cherchant ce qu'elle pourrait faire pour empoisonner ma vie. Dès que papa a eu le dos tourné, elle a décroché des guirlandes qu'elle a abandonnées sur le plancher. En retournant dans le garage pour y ranger ses outils, papa a remarqué les guirlandes.

— Pourquoi est-ce qu'elles ne veulent pas tenir en l'air? a-t-il marmonné en les fixant de nouveau au plafond.

Quelques minutes plus tard, Sarah les a décrochées une deuxième fois.

— Sarah, je t'ai vue faire, lui ai-je dit. Arrête! Ne gâche pas mon anniversaire.

— Je n'ai même pas besoin de le gâcher, il l'est déjà... parce que c'est le jour de ta naissance.

Elle a ensuite fait mine de frissonner d'horreur.

J'ai tout fait pour l'ignorer. C'était mon anniversaire et rien ne pouvait m'empêcher de m'amuser, même pas Sarah.

C'est ce que je pensais.

Une demi-heure avant la fête, maman et papa m'ont appelé dans le garage.

J'ai fait semblant de croire à l'histoire farfelue de ma mère.

— Et les déchets?

— Oh ça! a-t-elle fait. C'était inventé.

— Ah oui? ai-je dit. Ça semblait pourtant vrai.

— Si tu y as cru, tu n'es qu'un crétin, a ricané Sarah.

Papa a ouvert la porte du garage et je suis entré.

La plus belle bicyclette à vingt et une vitesses que

j'aie jamais vue est apparue devant mes yeux.
C'était le vélo dont je rêvais depuis des lunes.

— L'aimes-tu? a demandé maman.

— Si je l'aime? me suis-je exclamé. Wow! Je l'adore!
Merci!

— Elle est belle, maman, a dit Sarah. J'aimerais
en avoir une semblable pour mon anniversaire.

Et avant que je puisse l'en empêcher, elle a pris
place sur le siège de ma bicyclette neuve.

— Descends de là, Sarah! ai-je crié.

Elle n'a pas écouté et, en essayant d'atteindre les
pédales avec ses pieds, la bicyclette est tombée.

— Sarah! s'est exclamée ma mère. T'es-tu fait mal?

Sarah était déjà debout et secouait ses vêtements.

— Ça va. Il y a juste mon genou qui est égratigné.

J'ai vite redressé ma bicyclette et l'ai inspectée
soigneusement. Elle n'était plus noire et brillante; il
y avait une grande éraflure blanche le long du cadre.

C'était pratiquement une épave.

— Sarah, tu as brisé ma bicyclette!

— Ne t'énerve pas, Michel, a dit papa. Ce n'est
qu'une éraflure.

— Tu ne t'inquiètes donc jamais pour ta sœur? a
demandé maman. Elle aurait pu se blesser!

— C'est sa faute aussi. Elle n'avait qu'à ne pas y
toucher!

— Michel, a repris papa, il te faudrait apprendre
à être un bon grand frère.

Parfois, ils me rendent absolument dingue!

— Rentrons, tes amis vont bientôt arriver.

L'anniversaire. Je pensais que la fête me rendrait

ma bonne humeur : le gâteau, les amis, les cadeaux. Qu'est-ce qui pourrait aller de travers là-dedans ?

Tout a bien débuté. Mes amis sont arrivés l'un après l'autre avec un présent. J'avais invité cinq gars : David, Jean, Henri, Pierre et Guy ; et trois filles : Sissi, Rosie et Monique.

Je ne suis pas fou de Sissi et de Rosie, mais j'aime beaucoup Monique. Elle a de longs cheveux bruns bouclés et un petit nez retroussé qui lui donne un certain charme. Elle est grande et excellente au basket. C'est une fille vraiment extra.

Sissi et Rosie sont les meilleures amies de Monique et je devais les inviter si je voulais que Monique me fasse l'honneur de sa présence : ces trois-là sont inséparables. Elles sont d'ailleurs arrivées ensemble. Monique portait une salopette rose avec un col roulé blanc. Elle était superbe. Je n'ai même pas remarqué ce que portaient ses deux amies.

— Bon anniversaire, Michel ! ont-elles crié de la porte.

— Merci.

Elles m'ont tendu chacune un présent. Celui de Monique était petit, plat et enveloppé de papier argent. Un DC probablement, mais lequel ? Quel genre de DC une fille comme Monique peut-elle donner à un gars comme moi ?

J'ai empilé tous les présents dans le salon.

— Hé ! Michel, qu'est-ce que tes parents t'ont donné ? a demandé David.

— Un vélo, ai-je répondu, essayant tant bien que mal d'avoir l'air décontracté. À vingt et une vitesses.

Nous avons mis de la musique. Maman et Sarah

ont apporté des plateaux de sandwichs. Maman est ensuite retournée à la cuisine, mais Sarah est restée avec nous.

— Ta petite sœur est tellement mignonne, a dit Monique.

— Pas quand tu la connais bien, ai-je marmonné.

— Michel! Ce n'est pas gentil, s'est exclamée Monique.

— Michel n'est pas un bon grand frère, lui a dit Sarah. Il est toujours sur mon dos.

— Pas vrai! Décampe, Sarah.

— Je ne suis pas obligée, a fait Sarah en me tirant la langue.

— Laisse-la, Michel, a dit Monique. Elle n'embête personne.

— Hé! Monique! a lancé Sarah. Savais-tu que mon frère t'aime bien?

— Ah oui? a fait Monique, les yeux ronds.

Mon visage a dû passer par toutes les couleurs de l'arc-en-ciel tellement j'étais gêné. J'avais juste le goût d'étrangler ma sœur... mais il y avait trop de témoins.

Monique s'est mise à rire. Ses deux amies l'ont aussitôt imitée. Heureusement que les gars n'ont rien entendu; ils étaient autour du lecteur de disques compacts, en train de s'amuser à passer d'un morceau de musique à l'autre.

Qu'est-ce que je pouvais dire? C'est vrai que j'aime bien Monique. Je ne peux pas le nier, mais je ne pouvais quand même pas l'admettre non plus.

J'aurais voulu mourir sur-le-champ. J'aurais aimé

disparaître à travers le plancher, me perdre sous la terre… et mourir!

— Michel, tu es tout rouge! a crié Monique.

Henri l'a entendue et a crié:

— Qu'est-ce que Rouleau vient encore d'inventer? Certains gars m'appellent par mon nom de famille.

J'ai attrapé Sarah par le bras et l'ai entraînée vers la cuisine. Le rire de Monique résonnait encore dans mes oreilles.

— Merci beaucoup, Sarah, ai-je chuchoté. Pourquoi as-tu raconté à Monique que je l'aimais?

— C'est vrai, non? a retorqué la petite peste satanique. Je dis toujours la vérité, moi.

— Ah oui?

— Michel… m'a interrompu maman. Te querelles-tu encore avec ta sœur?

J'ai filé de la cuisine sans demander mon reste.

— Hé! Rouleau! a fait Jean, montre-nous ta nouvelle bicyclette.

«Parfait, me suis-je dit. C'est le meilleur moyen de s'éloigner des filles.»

Je les ai conduits au garage et ils se sont groupés autour de mon nouveau vélo. Henri a examiné le guidon.

— Hé! qu'est-ce que c'est que cette éraflure? a-t-il demandé.

— C'est ma sœur…

Je me suis arrêté et ai secoué la tête. À quoi bon?

— Rentrons, je vais ouvrir mes cadeaux.

Nous sommes retournés au salon. «Au moins, me suis-je dit, Sarah ne peut pas gâcher cela.»

Mais Sarah la diabolique a plus d'un tour dans son sac.

Lorsque nous sommes entrés dans le salon, ma sœur était assise au milieu d'un tas de papier d'emballage. Rosie, Sissi et Monique l'entouraient.

Sarah avait ouvert tous mes cadeaux. Merci, petite sœur!

Elle était en train de déballer le dernier présent… celui de Monique.

— Regarde ce que Monique t'a offert, Michel! a crié Sarah.

C'était un DC.

— J'ai entendu dire qu'il contient beaucoup de chansons d'amour, m'a taquiné Sarah.

Tout le monde a ri. Ils croient tous que cette petite est fantastique et ils n'ont aucune idée de ce que le « petit monstre » peut me faire endurer dans une journée.

Plus tard, nous nous sommes installés dans la salle à manger pour déguster le gâteau et la crème glacée. C'est moi qui transportais le gâteau. Maman me suivait avec les assiettes, les bougies et les allumettes.

C'était mon gâteau préféré : chocolat, glace au chocolat.

Triomphant, le gâteau au bout des bras, j'ai fait mon entrée dans la salle à manger. Je n'ai pas vu Sarah le long du mur, je ne l'ai pas vue lorsqu'elle a avancé son pied dans l'embrasure de la porte.

J'ai culbuté ; le gâteau m'a échappé… j'ai atterri la tête la première dans la glace au chocolat.

Certains retenaient leur souffle. D'autres tentaient de retenir leurs rires.

Je me suis assis et ai enlevé la glace brune de mes yeux.

Le premier visage qui m'est apparu, c'est celui de Monique, écroulée de rire.

Maman s'est penchée vers moi et m'a sermonné :

— Quel gâchis ! Pourquoi ne regardes-tu pas où tu mets les pieds ?

J'ai regardé les ruines de mon gâteau en écoutant les éclats de rire. Les bougies n'étaient pas allumées, mais peu importe. J'ai quand même fait un vœu.

« Je désire recommencer cet anniversaire. »

Je me suis levé, couvert de gâteau brun. Mes amis se tordaient de rire.

— Tu ressembles à un mutant ! a crié Rosie.

Ils se sont esclaffés encore plus fort.

Tout le monde s'est bien amusé à mon anniversaire, sauf moi.

Mon anniversaire a été un véritable désastre. Mais ce n'est rien comparé à ce que Sarah m'avait déjà fait subir.

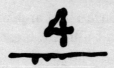

4

C'est arrivé la semaine avant mon anniversaire. Écoute bien cela.

Monique, Sissi et Rosie venaient chez moi pour les répétitions. En effet, nous avions chacun un rôle dans la pièce que nous devions présenter à l'école pour le spectacle de fin d'année.

La pièce était une version nouvelle de *La Princesse et le crapaud*. Monique jouait la princesse et ses deux amies jouaient les sœurs méchantes. « Parfaite distribution », me suis-je dit.

Je jouais le rôle du crapaud, juste avant que la princesse l'embrasse et qu'il se transforme en prince. Pour une raison que j'ignore, notre prof de théâtre ne voulait pas que je joue le prince. C'est Jean qui avait eu le rôle.

Mais j'avais vite compris qu'on m'avait donné le rôle le plus intéressant puisque c'est le crapaud que la princesse embrasse, et non le prince.

Les filles allaient être là d'une minute à l'autre. Sarah était installée sur le tapis du salon en train de torturer Babou. Ce dernier la déteste presque autant que je la déteste moi-même.

Sarah a soulevé le chat par les pattes de derrière et a essayé de le faire tenir sur ses seules pattes de devant. Babou a gigoté et a craché, mais Sarah l'a retenu d'une poigne ferme.

— Arrête ça, Sarah! lui ai-je ordonné.

— Pourquoi? a-t-elle dit. C'est amusant.

— Tu fais mal à Babou.

— Non. Il aime ça. Regarde, il sourit.

Elle a lâché ses pattes de derrière et l'a attrapé sous la tête. De son autre main, elle a étiré les coins de sa bouche en un sourire misérable. Babou a essayé de la mordre, mais il a raté son coup.

— Sarah, lui ai-je dit. Laisse-le aller. Et sors d'ici. Mes amies vont bientôt arriver.

— Non.

Sarah tentait maintenant de faire marcher Babou sur ses pattes de devant, mais ce dernier tombait sur le museau.

— Arrête tout de suite, Sarah! ai-je crié en essayant de lui retirer le chat.

Babou m'a éraflé le bras avant de s'échapper vers la cuisine.

— Aïe!

— Michel, que fais-tu encore à ce chat? a demandé maman de l'embrasure de la porte.

— Rien! Il m'a griffé!

— Cesse de le taquiner et il ne t'égratignera pas, m'a sermonné ma mère. Je vais m'étendre dans ma chambre, car j'ai mal à la tête.

La sonnette a résonné.

— Je m'en occupe, maman! ai-je lancé.

Je savais que c'étaient mes amies. J'aurais bien voulu les surprendre avec mon costume, mais je n'avais pas eu le temps de l'enfiler.

— Réponds, Sarah, ai-je dit à la petite peste. Dis à Monique et à ses amies de m'attendre dans le salon. Je reviens tout de suite.

— D'accord, a répondu ma sœur qui a trotté jusqu'à la porte.

Pendant ce temps, j'ai filé me changer dans ma chambre.

J'ai sorti le costume de la penderie ; j'ai enlevé mon t-shirt et mon jean ; j'ai attrapé mon costume... la fermeture éclair était coincée.

J'étais là, debout, en sous-vêtements, m'acharnant sur la fermeture éclair, quand la porte de ma chambre s'est ouverte toute grande.

— Le voilà, les filles ! a lancé Sarah. Il m'avait demandé de vous faire monter.

«Non, ai-je pensé. Ce n'est pas vrai !»

Monique, Rosie et Sissi me regardaient par la porte grande ouverte.

Je me suis forcé à les regarder... c'était pire que je pensais. Elles riaient à gorge déployée ! Et, semblable à une petite hyène, Sarah riait plus fort que les trois autres.

Tu penses que c'est terrible ? Attends, il y a pire !

* * *

Deux jours avant le désastre des sous-vêtements, j'étais resté à l'école pour une partie de basket avec mes amis Jean, Henri et quelques autres gars, dont Christophe Frigon.

Christophe est un bon joueur bien baraqué. Il est deux fois plus gros que moi et adore jouer au basket. Il a d'ailleurs une équipe favorite, *Les Diables bleus*, dont il porte la casquette pour venir à l'école.

Pendant que nous étions sur le terrain à faire des paniers, j'ai aperçu Sarah qui rôdait près de nos manteaux et de nos sacs à dos. J'avais un mauvais pressentiment : ça m'arrive toujours quand elle est dans les parages.

« Qu'est-ce qu'elle fait là ? » me suis-je demandé.

Peut-être sa prof l'avait-elle retenue et elle m'attendait pour retourner à la maison.

« Tentative de diversion, me suis-je dit. N'y pense plus. Concentre-toi sur la partie. »

Je me sentais en possession de tous mes moyens. J'avais même réussi quelques paniers avant la fin de la partie que nous avons gagnée, grâce à Christophe Frigon.

Nous avons couru jusqu'à nos sacs. Sarah n'était plus là.

« Bizarre, me suis-je dit. Elle a dû partir sans moi. »

J'ai jeté mon sac sur mon épaule.

— Salut, les gars ! À demain !

Mais la grosse voix de Christophe a retenti à travers le gymnase.

— Personne ne bouge ! a-t-il hurlé.

Nous sommes restés figés sur place.

— Où est ma casquette ? Ma casquette a disparu !

J'ai haussé les épaules. Comment pouvais-je savoir où se trouvait sa fichue casquette ?

— Quelqu'un a pris ma casquette et personne ne quitte la place avant que je la retrouve.

Il a attrapé le sac d'Henri et l'a fouillé. Tout le monde sait à quel point Henri aime la casquette de Christophe.

Mais Jean m'a pointé du doigt.

— Hé! qu'est-ce qui sort du sac de Rouleau? a-t-il demandé.

— Mon sac?

En regardant par-dessus mon épaule, j'ai aperçu un bout de tissu bleu qui dépassait de l'ouverture. Mon sang n'a fait qu'un tour. Christophe a sauté sur moi et a arraché sa casquette de mon sac.

— Je ne sais pas comment ta casquette s'est retrouvée là, ai-je essayé de lui dire. Je te jure...

Christophe n'a pas écouté mes excuses. Il n'a jamais vraiment su écouter.

Je vais t'épargner le sang et les coups. Disons seulement que mes vêtements m'allaient moins bien après que Christophe m'a passé à tabac!

Jean et Henri m'ont ramené à la maison. Maman ne me reconnaissait pas. Mon nez et mes yeux avaient changé de place avec mon menton.

Pendant que je me nettoyais dans la salle de bains, j'ai aperçu le reflet de la petite peste dans le miroir.

— Toi! ai-je crié. Tu as mis la casquette de Christophe dans mon sac!

Elle n'a fait que sourire. C'était mieux qu'un aveu.

— Pourquoi as-tu fait ça, Sarah?

Elle a haussé les épaules et a pris son air innocent.

— C'était la casquette de Christophe? Je croyais que c'était la tienne.

— Menteuse! ai-je crié. Je n'ai jamais porté de casquette. Tu l'as fait exprès!

J'étais tellement furieux que je ne pouvais plus la regarder et que je lui ai refermé la porte au nez.

Bien entendu, je me suis fait réprimander pour avoir claqué la porte.

Tu comprends maintenant ce qu'il me faut endurer dans cette maison. Tu sais maintenant pourquoi j'ai fait la chose terrible que j'ai faite.

N'importe qui à ma place aurait fait de même.

5

Je suis resté dans ma chambre ce soir-là, explorant les coins les plus reculés de ma matière grise pour trouver un moyen de mettre Sarah dans le pétrin.

J'ai bien eu quelques idées, mais aucune n'était assez bonne à mon goût.

Puis, l'horloge est arrivée. Quelques jours plus tard, Sarah a fait quelque chose qui m'a donné une idée.

Sarah ne peut s'empêcher d'être attirée par l'horloge. Un après-midi, papa la trouve en train de jouer avec les aiguilles. Elle s'en tire bien, comme de raison, la parfaite petite Sarah, mais papa lui sert cependant un avertissement :

— J'ai l'œil sur toi, jeune demoiselle. Je ne veux plus que tu joues avec cette horloge.

«Finalement, pensé-je, il y a une justice en ce bas monde ! Papa se rend compte que Sarah n'est pas un ange et j'ai trouvé le moyen de lui créer de gros ennuis. »

En effet, si quelque chose arrive à l'horloge, Sarah sera sûrement blâmée. Je décide donc de forcer les événements. Sarah mérite d'être punie pour les centaines de situations horribles qu'elle m'a fait vivre.

«Ce n'est pas grave si, pour une fois, elle est blâmée pour quelque chose qu'elle n'a pas fait. Ça ne fera que rétablir l'équilibre.»

Ce soir-là, donc, après que tout le monde est endormi, je me glisse jusqu'à l'horloge et j'attends.

Il ne reste qu'une minute avant minuit. Trente secondes... dix secondes... six, cinq, quatre, trois, deux, une...

Coucou! Coucou!

L'oiseau jaune jaillit de sa cachette, je l'attrape par le corps et il émet des petits bruits étouffés un peu bizarres.

Je lui tords le cou et lui trouve alors un air beaucoup plus amusant.

Il termine ses douze coucous, la tête toujours à l'envers, et il rentre dans sa cachette.

Je ris tout seul. Papa deviendra fou en voyant cela! Il sera furieux contre Sarah et éclatera comme un volcan!

Sarah connaîtra enfin ce que c'est que d'être blâmé pour une faute qu'on n'a pas commise.

Je retourne dans ma chambre sur la pointe des pieds. Pas un bruit. Ni vu ni entendu.

Je dors du sommeil du juste : rien de tel qu'une douce revanche!

Je me lève tard le lendemain. J'espère que je n'ai pas raté la crise de papa.

Je descends à toute vitesse, puis j'inspecte le salon. La porte est ouverte et il n'y a personne.

«Parfait, me dis-je. Je n'ai rien manqué. »

Affamé, je rentre dans la cuisine où maman, Sarah et papa sont déjà attablés devant des assiettes vides.

Leur visage s'éclaire dès qu'ils m'aperçoivent.

— Joyeux anniversaire! lancent-ils d'une même voix.

— Très drôle, dis-je en ouvrant la porte d'une armoire. Reste-t-il des céréales?

— Des céréales? fait maman. Tu n'as pas envie de quelque chose de plus spécial? Des crêpes, par exemple?

— Ouais, bien sûr, fais-je en me grattant le crâne.

C'est très étonnant. D'habitude, lorsque je me lève plus tard que les autres, maman me demande de faire moi-même mon déjeuner. Pourquoi mériterais-je quelque chose de spécial ce matin?

Maman se met à mélanger de la pâte à crêpes.

— Ne va pas dans le garage, Michel! Quoi qu'il arrive, ne va pas dans le garage!

Elle court à droite et à gauche, tout excitée, comme si c'était de nouveau mon anniversaire.

Mystère.

— ... plein de détritus, de déchets là-dedans. Des montagnes de vieilles ordures. Tu tomberais sûrement malade rien que de les sentir!

— Maman, c'est quoi cette histoire d'ordures? Je n'y croyais même pas la première fois.

— Ne va pas dans le garage, c'est tout, répète-t-elle.

Qu'est-ce qu'elle raconte? Pourquoi est-elle aussi bizarre?

Papa nous laisse en s'excusant.

— J'ai quelques petites corvées à terminer, dit-il d'une voix enjouée.

Je hausse les épaules et m'attaque au déjeuner. Après le repas, je traverse la salle à manger qui a été décorée de guirlandes en papier crépon. Une guirlande est tombée sur le plancher.

Étrange. Tout à fait curieux.

Papa revient dans la maison, le coffre à outils à la main.

— Pourquoi ces guirlandes ne tiennent-elles pas? demande-t-il.

— Papa, dis-je, pourquoi garnis-tu la salle à manger avec des guirlandes?

— Parce que c'est ton anniversaire, bien entendu! fait-il en souriant. Je parie que tu meurs d'envie de voir ton présent, pas vrai?

Je le dévisage.

«Qu'est-ce qui se passe ici?» me demandé-je.

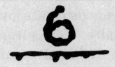

6

Maman et papa me conduisent jusqu'au garage, Sarah, bien sûr, sur nos talons. On dirait vraiment qu'ils vont m'offrir un présent.

Papa ouvre la porte du garage. Et voilà la bicyclette!

Elle est tout à fait neuve, sans une égratignure.

«Ce doit être la surprise, me dis-je. D'une façon ou d'une autre, ils ont trouvé le moyen d'effacer l'éraflure que ma peste de sœur avait réussi à faire sur mon vélo. Ou alors ils m'ont acheté une nouvelle bicyclette.»

— L'aimes-tu? me demande maman.

— Elle est formidable!

— Elle est belle, maman, dit Sarah. J'aimerais en avoir une semblable pour mon anniversaire.

Elle saute alors sur la selle, tombe à la renverse et, lorsque nous remettons la bicyclette sur ses roues, une grande éraflure marque le cadre.

— Sarah! crie ma mère. T'es-tu fait mal?

Je n'arrive pas à y croire. Quel cauchemar!

Tout recommence, exactement comme le jour de mon anniversaire.

Que se passe-t-il ?

— Qu'est-ce qu'il y a, Michel ? demande papa. Tu n'aimes pas ta bicyclette ?

Qu'est-ce que je pourrais bien répondre ? Je me sens presque malade de confusion.

Puis, tout s'éclaire. C'est sûrement le souhait que j'ai fait. Mon souhait d'anniversaire.

Après que Sarah m'a fait tomber et que j'ai renversé mon gâteau, j'ai souhaité retourner dans le temps et reprendre mon anniversaire à zéro.

Je ne sais pas comment, mais mon vœu s'est réalisé.

« Fantastique ! » me dis-je.

— Rentrons, fait maman. Tes amis vont bientôt arriver.

Mes amis ?

« Oh non ! S'il vous plaît ! »

Est-ce que je dois revivre cette horrible fête ?

7

Oui. Je dois revivre cet horrible cauchemar.

Mes amis arrivent à tour de rôle, comme la première fois. J'entends encore les mots de Sarah:

— Hé! Monique! Savais-tu que mon frère t'aime bien?

— Ah oui? répond Monique.

«Tu le sais déjà, Monique, me dis-je, puisque Sarah te l'a dit il y a à peine quatre jours. Tu étais au même endroit avec la même salopette rose.»

Monique, Rosie et Sissi pouffent de rire.

La panique s'empare de moi. Ça ne peut pas continuer comme ça.

Maman entre dans le salon avec des sodas. Je l'attrape par le bras.

— Maman, la supplié-je, peux-tu garder Sarah dans la cuisine avec toi?

— Pourquoi, Michel? Ta petite sœur veut s'amuser, elle aussi.

— Maman… s'il te plaît!

— Michel, tu es ridicule. Sois gentil avec Sarah. Ce n'est qu'une petite fille.

Maman quitte le salon, m'abandonnant avec Sarah et mes amis.

Elle ne peut pas me sauver; personne ne le peut.

Je montre ma nouvelle bicyclette aux gars et Henri parle de la grosse éraflure.

Nous retournons au salon où ma sœur a déjà déballé tous mes cadeaux.

— Regarde ce que Monique t'a offert, Michel! crie Sarah.

«Je sais, je sais, pensé-je. Un DC avec des chansons d'amour.»

— J'ai entendu dire qu'il contient plein de chansons d'amour, répète Sarah.

Tout le monde rit. C'est presque aussi pénible que la première fois.

Non, c'est pire, car je peux voir tout ce qui va arriver de désastreux sans pouvoir modifier quoi que ce soit.

— Michel, appelle maman. Viens dans la cuisine, s'il te plaît. C'est l'heure du gâteau!

«Voici le test, me dis-je en me traînant dans la cuisine. Je vais apporter le gâteau... mais cette fois-ci, je ne trébucherai pas.»

Je sais que Sarah va tout tenter pour me faire tomber, mais je ne vais pas la laisser faire. Je ne dois pas tout répéter comme la dernière fois.

Oui ou non?

Me voilà donc dans la cuisine, les yeux rivés sur le gâteau. J'entends mes amis rire et parler dans la salle à manger. Sarah est là aussi.

Je sais qu'elle m'attend, derrière la porte de la salle à manger. Elle attend de sortir son pied, de me faire tomber à plat ventre et de me ridiculiser.

Pas cette fois-ci.

Je prends le gâteau dans mes mains et je marche lentement vers la salle à manger. Maman me suit de près, comme la première fois. Je m'arrête sur le pas de la porte et jette un regard à mes pieds.

Aucun signe de Sarah.

Prudemment, j'avance d'un pas. Ça va bien.

Un autre pas ; je suis maintenant dans la salle à manger.

J'ai réussi ! Plus que cinq pas environ, et le gâteau sera en sécurité sur la table.

Un autre pas, puis un autre.

Je sens alors une traction sur mon pied. Cachée sous la table, c'est Sarah qui m'attrape la cheville. C'est trop tard maintenant.

Tout se passe au ralenti, comme dans un rêve.

J'entends un rire diabolique et Sarah me tire par le pied.

« Oh non ! me dis-je. Tout recommence ! »

Je perds l'équilibre et regarde en arrière en tombant : Sarah me tire la langue.

Je voudrais l'étrangler, mais il faut d'abord que mon visage s'écrase dans le gâteau.

Ce dernier m'échappe et FLAC !

Tout le monde pouffe de rire pendant que je m'assois en enlevant la glace de mes yeux.

À moitié couchée sur la table, Monique rit plus fort que tous les autres.

Je trouve la deuxième expérience plus embarrassante que la première.

Assis sur le plancher, de la glace plein le visage, je me demande comment j'ai pu être aussi idiot. Pourquoi ai-je fait ce vœu stupide ? Je ne souhaiterai plus jamais rien.

Je me nettoie tant bien que mal et réussis à survivre au reste de la fête.

Une fois au lit, le soir, j'ai la consolation de penser que c'est enfin terminé. J'éteins et tire les couvertures sous mon nez.

« C'est fini, me répété-je. Je vais dormir et, demain, tout sera revenu à la normale. »

Je ferme les yeux et tombe endormi. Je ne cesse de revoir en rêve des scènes de la journée : Sarah qui raconte à Monique que je l'aime ; cette dernière qui rit à gorge déployée ; Sissi, Rosie et les gars qui rigolent eux aussi. Je tombe et retombe sans fin dans le gâteau.

Je passe la nuit à me retourner dans mon lit; mes rêves sont tous plus affreux les uns que les autres. Mes amis ressemblent de plus en plus à des monstres; ma sœur est pire que les autres et elle s'évanouit dans un brouillard alors que j'entends encore son rire.

«Réveille-toi! me dis-je. Réveille-toi!»

Je m'assois enfin dans mon lit. Il est trois heures du matin.

Je n'arrive pas à dormir calmement. Il faut que je raconte à mes parents ce qui m'arrive. Peut-être réussiront-ils à m'aider.

Je saute du lit et me rends à tâtons dans leur chambre. La porte est entrouverte.

— Maman? Papa? Dormez-vous?

Papa remue et marmonne dans son sommeil. Je secoue l'épaule de maman.

— Maman?

Elle s'étire en soupirant.

— Qu'est-ce qu'il y a, Michel?

Elle se lève sur un coude et essaie de lire les chiffres de son réveil.

— Il n'est que trois heures! s'exclame-t-elle.

Papa bâille et s'assoit.

— Hein? Quoi?

— Maman, il faut que tu m'écoutes! chuchoté-je. Il m'est arrivé quelque chose de bizarre aujourd'hui. T'en es-tu aperçu?

— Michel, qu'est-ce que...

— Mon anniversaire, expliqué-je. Sarah m'a gâté mon anniversaire et j'ai souhaité le revivre une deuxième fois. Je ne pensais jamais que mon vœu se réaliserait! Et aujourd'hui ç'a été mon anniversaire de nouveau! Tout s'est passé de la même façon. C'était horrible!

— C'est toi, Michel? demande papa en se frottant les yeux.

— Dors, mon chéri. C'est Michel qui vient de faire un cauchemar.

— Non, maman! crié-je. Ce n'était pas un rêve. C'était réel! Mon anniversaire s'est répété à deux reprises. Vous étiez là les deux fois. Tu ne comprends donc pas?

— Écoute, Michel, ton anniversaire n'est que dans deux jours, commence maman, impatiente. Je sais que tu es excité et que tu as très hâte, mais il te faudra encore attendre. Retourne dans ton lit, s'il te plaît.

Elle m'embrasse et me souhaite bonne nuit.

— Il ne reste que deux jours avant ton anniversaire. Fais de beaux rêves.

9

Je retourne dans mon lit. J'ai la tête qui tourne.

Deux jours avant mon anniversaire? Mais est-ce que je ne viens pas de le vivre deux fois?

J'allume ma lampe de chevet et regarde la date indiquée sur ma montre : trois juin. Mon anniversaire est le cinq, dans deux jours.

Est-ce possible? Le temps va-t-il à rebours?

«Non, pensé-je. Je suis en train de devenir complètement maboule.»

Je secoue vigoureusement la tête, me donne quelques claques sur les joues. Retourner dans le temps! Je ris à haute voix rien que d'y penser.

«C'est impossible, pensé-je. Prends sur toi, Michel.»

Tout ce que j'ai souhaité, c'est de recommencer mon anniversaire, une fois. Je n'ai pas désiré revivre la journée de mon douzième anniversaire pour le restant de mes jours!

Mais pourquoi sommes-nous alors deux jours avant mon anniversaire? Pourquoi ne sommes-nous pas la veille?

Peut-être le temps recule-t-il vraiment. Peut-être cela n'a-t-il rien à voir avec mon vœu.

Mais… pourquoi cela m'arrive-t-il à moi ? Je me creuse les méninges.

L'horloge ! J'ai tordu le cou à ce stupide oiseau… je suis retourné dans mon lit… et, au réveil, le temps s'était mis à reculer.

Est-ce possible ? L'horloge de papa est-elle vraiment magique ?

Je n'aurais jamais dû toucher à cet oiseau stupide. Je voulais me venger de Sarah et c'est moi qui me retrouve dans le pétrin encore une fois.

Eh bien, si c'est cela qui est vraiment arrivé, je vais arranger les choses en un tour de main. Je n'ai qu'à descendre au salon et à remettre le cou de l'oiseau à l'endroit.

Je sors de ma chambre sur la pointe des pieds et descends au rez-de-chaussée. Mes parents ont dû se rendormir, mais je ne veux courir aucun risque.

Je ne voudrais pas que papa me surprenne en train de manipuler sans aucune délicatesse le charmant volatile de sa précieuse horloge.

Mes pieds touchent les carreaux glacés près du foyer et je m'avance dans le salon. J'allume une lampe.

Je regarde autour de moi.

L'horloge a disparu !

10

— Non! ce n'est pas vrai! crié-je.

Est-ce qu'on l'a volée? Sans elle, je ne peux rien faire! Comment remettre la tête de l'oiseau et ma vie à l'endroit?

Je cours à l'étage en criant:

— Maman! Papa!

— Michel, qu'est-ce qu'il y a encore? fait maman, furieuse. On aimerait dormir, si ce n'est pas trop te demander!

« Qu'ils se fâchent, me dis-je. Ce qui m'arrive est bien assez important. »

— L'horloge! Elle a disparu!

— Quoi? fait papa tout endormi.

— Michel, tu as fait un autre cauchemar, me rassure maman.

— Ce n'est pas un cauchemar, maman... c'est vrai! Descends et viens te rendre compte par toi-même! Il n'y a plus d'horloge dans le salon!

— Michel... écoute-moi. Tu as fait un cauchemar, reprend maman d'une voix ferme. Nous n'avons pas d'horloge, nous n'en avons jamais eu.

Je recule de stupeur.

— Ce n'est qu'un mauvais rêve, réaffirme-t-elle.

— Mais papa l'a achetée...

Je m'arrête soudain. Je viens de comprendre. Nous sommes le trois juin, deux jours avant mon anniversaire. Et cinq jours avant que papa n'achète l'horloge.

Nous remontons le temps et papa n'a pas encore acheté son «antiquité».

Tout à coup, j'ai la nausée.

— Ça va, Michel? demande maman en sortant de son lit et en touchant mon front. On dirait que tu es chaud. Viens te recoucher. Je parie que c'est la fièvre qui provoque tous ces cauchemars.

— Quoi? grommelle papa. Malade?

— Je m'en occupe, Richard, mumure maman. Rendors-toi.

Elle me raccompagne à mon lit, persuadée que je suis vraiment malade.

Mais la vérité est beaucoup plus cruelle. J'ai forcé le temps à reculer et l'horloge a disparu.

Comment vais-je bien pouvoir arranger les choses maintenant?

Le lendemain matin, lorsque j'arrive dans la cuisine, mes parents et ma sœur ont déjà déjeuné.

— Dépêche-toi, Michel, lance papa, sinon tu vas être en retard.

Être en retard à l'école est le cadet de mes soucis pour le moment.

— Papa, je t'en prie, assieds-toi une minute. C'est important.

Papa s'assoit d'un mouvement impatient sur le bout d'une chaise.

— Qu'est-ce qu'il y a?

— Maman, tu écoutes toi aussi?

— Mais oui, répond-elle tout en essuyant le comptoir.

— Tout ça va vous sembler bizarre, mais je ne blague pas.

Je m'arrête; papa ne bouge pas. Je devine à son expression qu'il s'attend à ce que je dise une bêtise. Il ne sera pas déçu.

— Papa, le temps recule. Chaque jour, je me lève... et c'est un jour précédant la veille!

Le visage de papa s'étire d'un kilomètre.

— Michel, je sais que tu as une imagination débordante, mais je suis en retard. Est-ce qu'on ne pourrait pas attendre mon retour pour en parler? Ou tu pourrais l'écrire? J'adore les histoires de science-fiction.

— Mais, papa...

— Quelqu'un a-t-il nourri le chat? demande maman.

— Je l'ai fait, dit Sarah, même si c'est le boulot de Michel.

— Merci, ma chérie. En route, tout le monde!

J'attrape un muffin avant de sortir.

« Ils sont trop pressés pour comprendre, me dis-je sur le chemin de l'école. Ce soir, au souper, lorsque j'aurai plus de temps pour m'expliquer... »

J'ai amplement le temps d'y penser durant la journée. Comme de raison, j'ai déjà vécu toute cette journée au complet : j'ai fait les travaux et assisté aux cours; j'ai avalé le même dîner.

Lorsque le prof de maths tourne le dos à la classe pour écrire au tableau, je sais que Christophe va lui lancer une gomme à effacer qui va aller s'écraser sur son pantalon noir.

« Maintenant, monsieur Pilote va se retourner », me dis-je en l'observant.

Il se retourne.

« ... il va apostropher Christophe... »

— Christophe Frigon... au bureau du directeur, immédiatement !

« ... et Christophe va protester. »

— Pourquoi vous pensez que c'est moi ? crie-t-il. Vous n'avez rien vu !

Tout le reste de la scène se passe tel que je m'en rappelle. Christophe finit par sortir de la classe non sans avoir donné un coup de pied dans une chaise et avoir balancé ses livres par terre.

La journée est d'un ennui mortel !

Après l'école, je retrouve Sarah en train d'embêter Babou. Elle le soulève par les pattes de derrière et l'oblige à marcher sur ses pattes de devant.

— Arrête ça, Sarah ! crié-je.

J'essaie de lui enlever Babou, puis ce dernier m'érafle le bras avant que je le laisse aller.

— Aïe !

Tout ça semble tellement familier et douloureux.

— Michel, que fais-tu encore à ce chat ? demande maman.

— Rien ! Il m'a griffé !

— Cesse de le taquiner et il ne t'égratignera pas, me gronde maman.

La sonnette résonne.

Oh non! Monique, Rosie, Sissi, *La Princesse et le crapaud* et les sous-vêtements.

Je ne peux laisser cette mésaventure se reproduire. Mais mes pieds me conduisent à l'étage comme si j'étais un robot.

« Pourquoi est-ce que je fais ça? » me demandé-je.

Je sortirai mon costume de grenouille ; la fermeture éclair sera bloquée ; Sarah ouvrira la porte et je resterai debout comme une andouille, en sous-vêtements.

Monique rira à perdre haleine et je voudrai m'enfoncer dans le plancher. Et mourir de honte.

Je sais que tout cela arrivera.

Alors, pourquoi suis-je en train de le faire? Est-ce que je ne peux pas m'arrêter?

11

«Ne monte pas, me dis-je, suppliant. Ne monte pas dans ta chambre.»

Il doit y avoir un moyen de tout stopper, de tout contrôler.

Je me force à faire demi-tour. Je descends l'escalier et m'assois sur la troisième marche.

Sarah répond à la porte et les filles sont bientôt devant moi.

«Ça va, me dis-je. Je contrôle tout. Les choses se passent déjà différemment de la première fois.»

— Où est ton costume, Michel? me demande Monique. Je veux le voir.

— Oh! il est très laid! Je ne veux surtout pas vous faire peur, les filles…

— Ne sois pas stupide, Michel, dit Sissi. Pourquoi est-ce qu'on aurait peur d'un costume de crapaud?

— Et puis, ajoute Monique, j'aimerais qu'on répète en costume. Je ne voudrais pas le voir pour la première fois sur la scène. Je veux être préparée.

— Allez, Michel, fait Sarah. Montre-leur ton costume. Je voudrais le voir, moi aussi.

Je lui lance un regard noir ; je sais bien ce qu'elle a en tête.

— Non, dis-je. Je ne peux pas.

— Pourquoi ? demande Monique.

— Je ne peux pas, c'est tout.

— Il est timide ! lance Rosie.

— Il est gêné, fait ma sœur.

— Non, c'est que... il fait trop chaud dans ce costume et...

Monique s'approche tout près de moi. Elle sent la fraise ; ce doit être son shampoing.

— Allez, Michel, supplie-t-elle. Fais-le pour moi.

— Non.

— Je ne répète pas si tu ne mets pas ton costume, reprend-elle en tapant du pied.

Je soupire sans savoir comment m'en sortir. Monique ne me laissera pas tranquille tant que je n'aurai pas enfilé ce fameux costume de crapaud. Je capitule.

— O.K.

— Bravo ! s'écrie Sarah.

« C'est bon, me dis-je. Je peux mettre mon costume sans que les filles me voient en sous-vêtements. »

Je monte en vitesse dans ma chambre, mais, cette fois, je mets le loquet.

« Essaie de m'embarrasser, Sarah, pensé-je. Tu ne peux pas être plus rusée que Michel Rouleau. »

La porte est fermée ; je suis certain d'être en sécurité. J'enlève t-shirt et jean ; je sors le costume de la penderie et je descends la fermeture éclair. Elle est coincée, comme la dernière fois.

Mais cette fois, je suis seul, la porte est bien fermée.

C'est alors que la porte s'ouvre. Je reste là, debout

comme un parfait idiot, en sous-vêtements. Monique, Rosie et Sissi me dévisagent, puis pouffent de rire.

— Sarah! m'écrié-je. La porte était fermée!

— Non, fait-elle. Tu ne te rappelles pas que le loquet est brisé?

— Non! Papa l'a réparé… il l'a réparé le jour…

J'essaie de me rappeler quand papa a réparé ma porte. Oh oui!

C'était juste après l'aventure catastrophique en sous-vêtements, le jour de mon anniversaire.

Donc, ça n'a pas encore eu lieu. Comment puis-je m'y retrouver? Oh non! je suis perdu.

Le temps est tout à l'envers et je ne sais pas comment le remettre à l'endroit.

Je me mets à trembler de peur. Où cela me mènera-t-il?

J'ai peine à avaler au souper. Il faut dire que j'ai déjà mangé ce repas et que je ne l'ai pas aimé la première fois: petits pois, carottes et champignons en sauce sur un lit de riz brun.

Je chipote dans mon assiette en mettant soigneusement les petits pois de côté: je ne mange jamais les petits pois. Je les glisse dans ma serviette de table quand papa et maman ont les yeux ailleurs.

Je regarde mes parents et ma sœur manger comme si de rien n'était. Pourtant, papa et maman doivent avoir remarqué quelque chose de bizarre. Pourquoi n'en parlent-ils pas?

J'attends que papa ait terminé de raconter sa journée de travail pour ramener la conversation au sujet qui me tient tant à cœur.

— Maman? Papa? Est-ce que le souper ne vous semble pas familier?

— Je dirais, commence papa, qu'il me rappelle le dîner que j'ai pris au restaurant végétarien l'autre jour.

Maman le regarde, puis son regard se pose sur moi.

— Qu'essaies-tu de dire, Michel? En aurais-tu assez de manger des aliments sains?

— Moi, j'en ai assez, dit papa.

— Moi aussi, reprend Sarah.

— Non! Non, ce n'est pas ça, dis-je. Vous ne comprenez pas. Je ne veux pas dire que nous avons eu un repas qui ressemble à celui-ci avant. Je veux dire que nous avons déjà eu le même repas. Nous le mangeons pour la deuxième fois.

— S'il te plaît, Michel, épargne-nous tes théories à coucher dehors quand on est en train de manger, lance papa en fronçant les sourcils.

Ils ne comprennent rien.

— Ce n'est pas seulement le souper, fais-je, c'est toute la journée. Vous n'avez rien remarqué? Nous refaisons tout! Nous remontons le temps!

— Ferme-la, Michel, dit Sarah. C'est ennuyant. Est-ce qu'on peut parler d'autre chose?

— Ne dis pas «ferme-la», Sarah, reprend maman. As-tu encore lu de tes bandes dessinées bizarres aujourd'hui? me dit-elle enfin après s'être tournée vers moi.

Je suis de plus en plus frustré.

— Vous ne m'écoutez pas! crié-je. Demain sera hier et le jour suivant sera avant-hier! Tout est à l'envers!

Maman et papa échangent un regard entendu. On dirait qu'ils partagent un secret.

« Ils savent quelque chose, me dis-je, tout excité, mais ils ont peur de m'en parler. »

Maman me regarde très sérieusement.

— C'est vrai, Michel. Il faut qu'on te le dise. Nous sommes prisonniers d'une brèche dans le temps et nous n'y pouvons rien.

12

Maman repousse sa chaise et se rend à reculons jusqu'à la cuisinière. Elle commence alors à remettre le contenu de son assiette dans la casserole.

— Iréhc, zir ud erocne? demande-t-elle à papa. Hein?

— Tîalp et il's, iuo, réplique ce dernier.

— Issua iom, dit Sarah.

Elle crache du riz sur sa fourchette et la dépose dans son assiette.

Papa se lève et marche à reculons vers maman. Sarah se met ensuite à faire le tour de la table à reculons.

Ils parlent et agissent à l'envers. Il y a vraiment une brèche dans le temps!

— Hé! c'est donc vrai!

Mais pourquoi est-ce que je ne parle pas à l'envers?

— Nitérc, dit Sarah.

C'est elle qui éclate de rire la première, bientôt imitée par papa et maman qui ne peuvent retenir leur sérieux plus longtemps.

C'était une blague.

— Vous êtes tous affreux! m'écrié-je.

Ce qui les fait rire encore plus fort.

— Je me demandais quand tu comprendrais, dit Sarah.

Ils se rassoient tous les trois à table et maman ne peut retenir un petit sourire malicieux.

— Nous sommes désolés, Michel. Nous n'avions pas vraiment l'intention de rire de toi.

— Oui! s'exclame Sarah.

Je les regarde avec horreur. C'est la chose la plus terrible qui me soit jamais arrivée et mes parents prennent ça à la blague.

— Michel, me demande papa, as-tu déjà entendu parler de l'impression de *déjà-vu*?

Je secoue la tête.

— C'est lorsqu'il t'arrive quelque chose et que tu as l'impression de l'avoir déjà vécu, explique-t-il. Ça arrive à tout le monde de temps à autre et il ne faut pas s'en inquiéter.

— Peut-être es-tu nerveux, ajoute maman. Le fait d'avoir bientôt douze ans et de recevoir tes amis t'énerve-t-il?

— Pas vraiment, dis-je. Je connais cette sensation, mais cette fois ce n'est pas pareil! C'est...

— Dis donc, Michel, m'interrompt papa, je te conseille d'attendre de voir ce qu'on va t'offrir comme présent à ton anniversaire. Ce sera toute une surprise!

«Non, pensé-je, tout triste. Ça n'en sera pas une.»

Ce ne sera pas une surprise puisque ça fait déjà deux fois que je reçois le même présent. Combien de fois encore allez-vous m'offrir la même stupide bicyclette?

— Maman, fait Sarah, Michel cache ses petits pois dans sa serviette de table.

J'écrase soigneusement mes petits pois dans ma serviette et je la lui jette à la figure.

En arrivant à l'école, le lendemain matin, je ne suis pas certain de la date. Les jours commencent à être un peu difficiles à suivre. Mes cours, mon dîner, les choses que me racontent mes amis, tout me semble familier, mais comme rien d'exceptionnel ne se passe, ça pourrait être n'importe quel jour d'école.

Je joue une partie de basket après la classe et, pendant le jeu, un sentiment étrange s'empare de moi.

Un mauvais présage.

« J'ai déjà joué cette partie, me dis-je, et ça ne s'est pas bien terminé. »

Mais je continue à jouer, attendant la suite.

Mon équipe gagne ; nous ramassons nos sacs.

C'est alors que Christophe Frigon nous interpelle.

— Hé ! où est ma casquette des Diables bleus ?

Oh oui ! je me rappelle.

C'est bien cette partie ; comment ai-je pu l'oublier ?

Cette bonne vieille Sarah a encore frappé !

— Personne ne quitte le gymnase avant que je retrouve ma casquette !

Je ferme les yeux et lui tends mon sac.

Je sais ce qui m'attend, aussi bien en finir au plus tôt.

Être tabassé par Christophe Frigon n'est pas de tout repos, mais au moins la douleur ne dure pas longtemps.

Le lendemain matin, quand je m'éveille, tout a disparu : la douleur, les éraflures, les bosses, tout.

Quel jour sommes-nous ? Nous devons sûrement être quelques jours avant que Christophe ne me batte.

J'espère que je n'aurai pas à y goûter une troisième fois. Mais qu'est-ce qui m'attend aujourd'hui ?

Sur le chemin de l'école, je recherche les indices qui me rappelleront ce qui s'est passé la veille et l'avant-veille de l'événement.

Un examen de maths ? Peut-être, même si je n'y tiens pas.

Je suis un peu en retard, ce matin. Est-ce un indice ? Ai-je eu des problèmes ?

Madame Jutras ferme la porte de la classe juste devant mon nez. J'ouvre la porte. La classe est pleine.

Madame Jutras ne lève même pas les yeux.

« Je ne dois pas être tellement en retard, me dis-je. Peut-être vais-je bien m'en tirer après tout. »

Je marche jusqu'à l'arrière de la classe où se trouve ma place. En remontant la rangée, je regarde de chaque côté.

Qui est ce gars ?

Je remarque ensuite une fille avec trois boucles dans une même oreille. Je ne l'ai jamais vue auparavant.

Je me mets à dévisager tout le monde : aucune tête ne me semble familière.

« Qu'est-ce qui se passe ? » me demandé-je en sentant la panique me gagner.

Je ne connais personne ici ! Où est ma classe ?

13

Madame Jutras lève enfin les yeux et me dévisage.

— Hé! crie un petit blond. Qu'est-ce qu'un élève de troisième année fait ici?

Tout le monde éclate de rire sans que je comprenne pourquoi.

Un élève de troisième? De qui parle-t-il? Je ne vois aucun élève de troisième.

— Vous êtes dans la mauvaise classe, jeune homme, me dit madame Jutras en ouvrant la porte pour m'indiquer la sortie.

— Je pense que ta classe est au deuxième étage, ajoute-t-elle, plus gentiment.

— Merci, dis-je sans plus comprendre.

Elle referme la porte derrière elle et j'entends les élèves rire. Je cours aux toilettes des gars. Je sens que mon visage a un urgent besoin d'une bonne douche d'eau froide!

J'ouvre le robinet, puis j'essaie de jeter un regard dans le miroir. Impossible. On dirait qu'il est plus haut que d'habitude.

Je me lave les mains et m'asperge la figure. Le

lavabo aussi me semble plus haut qu'avant. Étrange. Je ferme le robinet.

Suis-je vraiment dans la bonne école? J'aperçois un marchepied, sans doute laissé là par le concierge. Je l'avance devant le miroir. Quand je réussis enfin à distinguer ma bonne vieille frimousse, je subis le choc de ma vie.

Est-ce moi? Je parais si jeune.

Je passe la main dans mes cheveux coupés en brosse… la coupe que j'avais en troisième année.

«Ce n'est pas vrai, me dis-je en secouant la tête. Je suis encore en troisième année!»

J'ai TOUT de ma troisième année: les cheveux, les vêtements et le corps.

Mais j'ai toujours mon cerveau de première secondaire… j'espère.

Cela signifie donc que j'ai reculé de quatre ans en une seule nuit. Mon corps entier se met à trembler si fort que je m'accroche au lavabo. Je suis paralysé de terreur.

Les événements s'accélèrent: je perds maintenant plusieurs années en dormant! Quel âge aurai-je demain matin?

Le temps recule de plus en plus vite et je n'ai encore trouvé aucun moyen de renverser la vapeur!

Je descends du marchepied et je vais m'essuyer le visage avec une serviette de papier. J'ai peine à réfléchir.

Je marche jusqu'à la classe de troisième année. Je regarde d'abord par la fenêtre de la porte. C'est bien madame Hétu, ma vieille institutrice de troisième.

J'aurais reconnu son casque de cheveux blancs partout.

De la voir me fait aussi réaliser que je suis *réellement* dans sa classe parce que madame Hétu a pris sa retraite il y a deux ans, lorsque j'étais en cinquième année.

J'ouvre la porte et pénètre dans la classe. Sans sourciller, madame Hétu lance :

— Assieds-toi, Michel.

Elle ne relève pas le fait que je sois en retard. Madame Hétu m'a toujours beaucoup aimé.

Je regarde les autres élèves : Henri, Jean, Sissi et Monique, tous mes copains de troisième année.

Le cheveux de Monique sont nattés en deux jolies petites tresses qu'elle a portées pendant si longtemps. Quant à Sissi, elle est toujours coiffée de sa sempiternelle queue de cheval sur le côté.

Jean n'a pas encore de boutons sur le front, mais Henri a bien son autocollant des tortues Ninja sur le dos de la main.

Aucun doute possible, je suis bien dans la bonne classe.

Je m'assois en arrière, à mon ancien pupitre, juste à côté d'Henri qui se cure le nez. Franchement dégueu ! J'avais complètement oublié cette partie de ma vie.

— Michel, nous sommes rendus à la page 33 de notre cahier d'épellation, m'informe madame Hétu.

Je prends mon cahier dans mon pupitre et l'ouvre à la page 33.

— Voici les mots que vous devez apprendre pour demain, nous annonce madame Hétu en écrivant au tableau : sens, grand-mère, facile, bonheur.

— Ah non ! fait Henri. C'est difficile. Regarde le nombre de lettres dans *grand-mère*.

Je ne sais quoi lui répondre. Lors de mon dernier examen de français, en première secondaire, j'ai dû écrire *psychologie*. Alors tu peux imaginer à quel point *grand-mère* ne représente aucun défi pour moi.

Je m'éclipse dans la lune pour le reste de l'avant-midi. Dire que j'ai toujours souhaité que l'école soit facile ; maintenant, ça m'ennuie royalement de tout savoir.

Le dîner et la récréation sont des épreuves encore plus pénibles que la matinée. Jean ouvre la bouche en mangeant sa banane et Henri se dessine des tatouages avec son pouding au chocolat. Imagine un peu mon désarroi !

Finalement, la journée se termine. Je traîne mon petit corps de troisième année jusqu'à la maison. Babou, encore un minuscule minet, me passe entre les jambes et disparaît dehors, Sarah à ses trousses.

— N'agace pas le chat, lui dis-je.

— T'es fou, réplique-t-elle.

J'observe attentivement ma petite sœur de trois ans. J'essaie en vain de me rappeler si je l'aimais plus à cette époque.

— Faire un tour sur ton dos ! crie-t-elle en tirant sur mon sac à dos.

— Lâche-moi.

Mon sac tombe sur le plancher ; je me penche pour le ramasser, mais Sarah en profite pour empoigner mes cheveux et les tirer.

— Aïe ! crié-je.

Elle rit aux éclats.

— Ça fait mal! lancé-je en la poussant.

Maman entre dans la pièce au même moment. Elle court vers Sarah.

— Ne bouscule pas ta sœur! me sermonne-t-elle. Ce n'est encore qu'un bébé!

Je m'enferme dans ma chambre pour réfléchir.

Non, je n'aimais pas Sarah davantage lorsqu'elle avait trois ans. Elle a toujours été insupportable et le restera à jamais. Même quand je serai vieux, elle s'arrangera encore pour me rendre la vie absolument misérable.

«Si je suis vieux un jour, pensé-je avec un frisson. Nous ne grandirons peut-être plus.»

Que vais-je faire? Si ça continue à ce rythme, je me retrouverai bientôt dans le corps d'un bébé.

Un frisson me passe dans le dos. «Et puis après? me demandé-je. Vais-je disparaître complètement? Dans le néant?»

14

Chaque matin, c'est la même chose : je me réveille en état de panique. Quel jour sommes-nous aujourd'hui ? Quelle année ? Je n'en ai jamais la moindre idée.

Je descends de mon lit — il me semble que, de jour en jour, il s'éloigne dangereusement du plancher — et me rends immédiatement à la salle de bains.

Je me regarde dans le miroir. Quel âge puis-je bien avoir ? Plus jeune que la veille, ça, j'en suis certain. Je retourne dans ma chambre pour m'habiller. Maman a placé mes vêtements sur une chaise. J'examine mon jean : il y a un cow-boy sur la poche arrière.

Oh oui ! je me rappelle ce jean ! Je le portais en deuxième année. Ça veut dire que j'ai maintenant sept ans.

J'enfile mon jean, puis déplie la chemise que maman a choisie : une chemise de cow-boy avec des franges.

« C'est tellement embarrassant, pensé-je. Comment ai-je pu laisser maman me faire ça ? »

Mais au fond, je sais très bien qu'à cette époque

ces vêtements me plaisaient beaucoup. C'est probablement moi qui les avais choisis. C'est dur d'admettre à quel point j'ai pu manquer carrément de goût.

Une fois à l'étage, j'aperçois ma sœur, qui a maintenant deux ans, en train de regarder des dessins animés à la télé. Aussitôt qu'elle me voit, elle me tend les bras en criant :

— Bisou ! Bisou !

Elle veut que je l'embrasse ? Ça ne lui ressemble pas. Mais peut-être la Sarah de deux ans était-elle plus douce et plus gentille.

— Bisou ! Bisou ! répète-t-elle.

— Embrasse ta petite sœur, me dit maman de la cuisine. Tu es son grand frère et elle t'aime.

— O.K., fais-je en soupirant.

Je me penche pour embrasser Sarah sur la joue, mais elle m'enfonce son index dans l'œil.

— Aïe ! crié-je sous les rires de Sarah.

C'est toujours la même. Elle est née méchante !

Cette fois, je sais dans quelle classe me rendre. J'y retrouve tous mes amis, plus jeunes que jamais.

J'assiste à une autre journée mortellement ennuyeuse : faire des soustractions, lire de gros caractères, tracer des *l* majuscules.

Il y a quand même un beau côté à cette situation saugrenue : j'ai amplement le temps de réfléchir.

Chaque jour, j'essaie d'imaginer un moyen de m'en sortir… sans succès.

Tout à coup, une pensée lumineuse me vient à l'esprit. Je me rappelle que papa nous a dit qu'il désirait cette horloge depuis quinze ans.

Quinze ans ! Eurêka ! L'horloge doit encore se trouver chez l'antiquaire !

Ma décision est prise : j'irai voir l'horloge immédiatement après l'école. J'ai tellement hâte que la journée se termine !

Je pense que si je peux remettre le coucou à l'endroit et changer l'année sur le cadran, j'aurai douze ans de nouveau.

Mes douze ans me manquent. À sept ans, il y a toujours quelqu'un qui te surveille.

Une fois la journée finie, je me dirige vers la maison. Je sais que le brigadier me surveille, s'assurant que je rentre chez moi en sécurité.

Mais une fois arrivé au deuxième pâté de maisons, je cours à l'arrêt d'autobus ; je me cache derrière un arbre en souhaitant que personne ne me voie.

Quelques minutes plus tard, l'autobus s'arrête et les portes s'ouvrent en chuintant. Je monte à bord.

— Tu n'es pas un peu jeune pour voyager tout seul ? me demande le chauffeur d'un air étrange.

— Mêlez-vous de vos affaires, répliqué-je.

Le chauffeur sursaute de surprise. Avant qu'il n'ait le temps de passer une remarque sur mon impolitesse, j'ajoute aussitôt :

— Je vais rejoindre mon père à son bureau. Ma mère est au courant.

Il hoche la tête et referme les portes. Je dépose un vingt-cinq cents, puis un autre et, lorsque je m'apprête à en mettre un troisième, le chauffeur m'arrête.

— Ce n'est que cinquante cents, jeune homme. Garde ton dernier vingt-cinq cents pour faire un appel téléphonique.

— Merci, dis-je.

J'avais oublié qu'on avait augmenté les tarifs

quand j'avais onze ans. Je remets donc ma dernière pièce dans ma poche.

L'autobus démarre en direction du centre-ville.

Je me rappelle que papa a dit que l'antiquaire se situait juste en face de son bureau. Je descends donc à cet endroit.

J'espère que papa ne me verra pas. Évidemment, je n'avais pas la permission de prendre l'autobus seul lorsque j'avais sept ans.

Je passe en vitesse devant le bureau de papa, puis je traverse la rue. Sur le coin, il y a un édifice en construction et, juste à côté, une enseigne noire aux lettres dorées : *Aux merveilles d'autrefois*.

Mon cœur se met à battre plus vite.

J'y suis presque ; dans un moment, mon affreux cauchemar prendra fin.

Je vais entrer dans le magasin et trouver l'horloge ; puis, lorsque personne ne me regardera, je vais remettre la tête du coucou à l'endroit et tourner le cadran à la bonne année.

Je n'aurai plus peur de me réveiller le matin en enfant de trois ans et ma vie redeviendra tout à fait normale.

« La vie sera tellement plus simple et agréable, me dis-je, lorsque le temps avancera comme il se doit. Même avec Sarah ! »

Je regarde par la vitrine du magasin. J'aperçois aussitôt la grande horloge. Youpi !

Les paumes moites, je cours vers la porte et tourne la poignée.

Elle ne bouge pas. La porte est verrouillée. C'est alors que je remarque une petite affiche, collée dans la vitre : FERMÉ POUR LES VACANCES.

15

Je laisse échapper un cri de frustration.

— NOOON!

Je sens que je viens de sombrer dans le désespoir.

Les larmes roulent sur mes joues sans que je puisse les retenir.

Fermé pour les vacances. Comment puis-je être aussi malchanceux?

Combien de temps la boutique sera-t-elle fermée? Lorsqu'elle rouvrira, je serai peut-être un bébé!

Pas question que je renonce! Il faut que je fasse quelque chose. N'importe quoi.

Je presse mon nez contre la vitre; l'horloge n'est qu'à un mètre mais, évidemment, impossible d'y toucher.

Une vitre nous sépare.

La vitre…

Normalement, jamais l'idée de ce que je me prépare à faire ne me passerait par l'esprit, mais je suis désespéré. Il faut que j'atteigne cette horloge de malheur. C'est une question de vie ou de mort!

Je me rends au chantier de construction, juste à côté. J'essaie de ne pas ressembler à un enfant qui s'apprête à fracasser une vitrine de magasin.

J'enfonce mes mains dans les poches de mon jean et me mets à déambuler en sifflant.

Qui pourrait soupçonner un petit gars de sept ans en habit de cow-boy de vouloir pénétrer par effraction dans un magasin?

Je donne des coups de pied au hasard dans les pierres et la terre du chantier. Il n'y a personne ici.

Lentement, je me dirige vers un tas de briques. Un coup d'œil circulaire me confirme que le champ est libre.

Je ramasse une lourde brique. Ce ne sera pas facile avec la carrure d'échalote que j'ai présentement de lancer ce projectile au bout de mon bras. Mais je me rassure en me disant que je n'ai pas besoin d'être un lanceur de javelot pour casser une simple vitre.

J'essaie de cacher la brique dans ma poche, mais ne réussis pas. Je l'emporte donc à deux mains jusqu'au magasin.

Je prends mon air le plus naturel. Des adultes me croisent, sans me regarder.

Je suis maintenant devant le magasin, me demandant si une alarme se mettra à sonner dès que la brique aura fracassé la vitre.

Serai-je arrêté?

Peut-être aurai-je le temps de revenir dans le présent et d'échapper à la police.

« Sois brave, me dis-je. Vas-y! Ta vie en dépend! »

Des deux mains, je commence à lever la brique…

et quelqu'un m'attrape par-derrière. De surprise, la brique m'échappe des mains et tombe par terre.

16

— Au secours ! crié-je. Papa !

— Michel, dit-il, que fais-tu ici, tout seul ?

Papa ne semble pas avoir vu la brique tomber.

— Je… je voulais te faire une surprise. Je suis venu te rendre visite.

Il me regarde sans comprendre.

— Tu me manquais, papa, ajouté-je pour qu'il me croie.

— Je te manquais, fait-il d'une voix où je sens l'émotion. Comment es-tu arrivé jusqu'ici ? En autobus ?

Je hoche la tête.

— Tu sais que tu n'as pas la permission de prendre l'autobus tout seul.

Heureusement, il ne se fâche pas. J'ai assez de problèmes comme ça. Entre autres, mettre la main sur cet oiseau de malheur.

Papa pourrait-il m'aider ? Je suis prêt à tout tenter.

— Papa, commencé-je, cette horloge…

— Est-ce que ce n'est pas une beauté ? poursuit-il. Je la regarde depuis des années.

— Papa, il faut que j'aie cette horloge. C'est très important ! Quand le magasin va-t-il ouvrir ?

— Toi aussi, tu la trouves belle, hein, Michel ? dit-il en me passant la main sur la tête. Mais elle est trop coûteuse pour moi. Un jour, peut-être... Viens, fait-il en m'entraînant. Rentrons. Je me demande ce qu'il y a pour souper.

Je n'ouvre pas la bouche de tout le trajet du retour à la maison. La seule chose qui me trotte dans la tête, c'est comment atteindre l'horloge et ce qui va m'arriver.

Quel âge aurai-je en me réveillant demain matin ?

17

En ouvrant les yeux, le matin suivant, tout a changé dans ma chambre.

Les murs sont peints en bleu poudre. Le couvre-lit et les rideaux sont inondés de petits kangourous. Sur un mur, une broderie représentant une grosse vache apparaît dans toute sa splendeur!

Ce n'est pas ma chambre, mais elle me semble quand même familière.

Je sens une bosse dans mon lit. C'est Harold, mon vieil ours en peluche.

Je comprends soudain: je suis de retour dans ma chambre de bébé.

Qu'est-ce que je fais ici? C'est la chambre de Sarah.

Je saute du lit et me rends compte que je suis affublé d'une dormeuse. Quelle horreur! Moi qui ai toujours détesté ce genre de pyjama.

Je cours vers la salle de bains. Quel âge puis-je bien avoir?

Difficile à dire. Je dois monter sur le siège des toilettes pour me voir dans le miroir. Mauvais signe.

Ouache! On dirait que j'ai cinq ans.

Je saute en bas des toilettes et descends dans la cuisine.

— Bonjour, mon chou, dit maman en me serrant dans ses bras et en m'embrassant.

— Bonjour, maman, fais-je d'une voix de bébé.

Papa est assis à table en train de boire son premier café de la journée.

— Et moi? Mon p'tit bécot du matin? demande-t-il.

Je soupire et cours dans ses bras pour lui donner un bec sur la joue. J'avais oublié les douzaines de choses insignifiantes qu'on impose aux petits enfants en une seule journée!

Je cours dans le salon sur mes petites jambes de cinq ans et reviens vite dans la cuisine. Quelque chose manque. Non, quelqu'un manque. Où est Sarah?

— Assieds-toi tranquille un instant, Michel. Tu veux des céréales? me demande maman.

— Où est Sarah? demandé-je.

— Qui? réplique maman.

— Sarah.

Maman et papa échangent un regard et papa hausse les épaules.

— Ma petite sœur, persisté-je.

— Oh! Sarah! fait maman en comprenant enfin.

Elle regarde papa et, silencieusement, du bout des lèvres explique: «Son amie invisible.»

— Hein? fait papa. Il a un ami invisible?

Maman lui lance un regard assassin et se tourne gentiment vers moi.

— À quoi ressemble ton amie Sarah, Michel?

Je suis incapable de lui répondre tellement ma stupeur est grande.

Ils ne savent pas de qui je parle ! Sarah n'existe pas encore : elle n'est pas née.

Pendant un bref moment, je me sens transporté de joie. Pas de Sarah ! Je vais passer toute une journée sans voir Sarah la satanique, sans l'entendre ni même la sentir. Un vraie aubaine !

Mais lorsque la véritable signification de cette idée me frappe, j'ai envie de hurler tellement je suis terrifié.

Le premier enfant Rouleau a disparu. Je suis le suivant.

Quand j'ai fini de manger mes céréales, maman m'emmène dans ma chambre pour que je m'habille. Elle m'aide à enfiler chemise et pantalon, chaussettes et chaussures. Elle n'attache cependant pas ces dernières.

— Michel, essaie de nouer tes lacets. Tu te rappelles comment on a fait hier ?

Elle prend mes lacets dans ses doigts et fait la boucle lentement pour que je l'observe. Elle me regarde ensuite faire la deuxième boucle. Je me penche et noue facilement mes lacets ; je n'ai pas de temps à perdre avec ces enfantillages.

Étonnée, maman me dévisage.

— Tu as réussi, Michel ! s'exclame-t-elle. Pour la première fois, tu l'as fait tout seul ! Attends que je dise ça à papa.

Je la suis dans l'escalier, les yeux au ciel. Bon, je suis le roi des lacets. Et puis après !

— Chéri! crie maman. Michel a attaché sa chaussure tout seul!

— Fantastique! répond papa. Quel grand garçon! Pas trop tôt! ajoute-t-il tout bas.

Je suis beaucoup trop inquiet pour me vexer.

Maman me conduit ensuite à la garderie et annonce à la monitrice que je sais maintenant nouer mes lacets. La nouvelle du siècle quoi! Puis je dois passer la journée à faire les choses insipides qu'on fait à la maternelle: peinture aux doigts, chansons sur l'alphabet et sieste.

Une pensée me préoccupe toute la journée: il faut que je retourne chez l'antiquaire. Je dois remettre le cou de ce stupide coucou à l'endroit le plus tôt possible. Qui sait, demain je ne serai peut-être plus capable de marcher tout seul.

Mais comment m'y rendre? C'était difficile sous ma forme d'enfant de sept ans. Maintenant avec mon *look* «garderie», ce sera pratiquement impossible.

Et même si je réussissais à monter dans l'autobus sans que personne ne me pose de question, comment ferais-je pour payer mon passage? Je n'ai pas d'argent.

Je jette un regard sur le sac à main de la monitrice. Elle ne s'apercevrait probablement pas qu'il lui manque une ou deux pièces de vingt-cinq cents. Mais, si elle m'attrape, je serai dans de beaux draps.

Quand la torture de cette journée prend fin, je cours dehors pour essayer d'attraper l'autobus, avec l'espoir qu'un chauffeur compréhensif m'offrira gratuitement le passage, mais j'ai à peine fait dix pas que...

... je tombe dans les bras de maman.

— Bonjour, Michou, dit-elle. As-tu passé une bonne journée?

J'avais oublié que maman venait me chercher après la garderie.

Elle prend ma main dans la sienne : aucune fuite n'est possible.

18

«Au moins, je suis toujours vivant», me dis-je en m'éveillant le matin suivant.

Mais j'ai quatre ans. Le temps file dangereusement vite.

— Bonjour, mon petit Michou, fait maman en entrant dans ma chambre. Es-tu content d'aller à la garderie, ce matin?

Quelle horreur! Pas encore la garderie?

Tout va de mal en pis. C'est insupportable. Je n'en peux plus; c'est sûr que je vais sombrer dans la folie si je ne meurs pas avant!

Maman me laisse à la garderie après m'avoir embrassé et souhaité une bonne journée.

Je marche d'un pas hautain jusque dans un coin d'où j'observe les autres enfants. Je refuse de chanter, de peindre, de jouer ou de parler. Il y a toute de même une limite à ce qu'un petit garçon peut endurer.

— Qu'est-ce qui se passe, mon petit Michou? demande mademoiselle Claire. Tu ne te sens pas bien?

— Non non, ça va, lui dis-je.

— Pourquoi ne joues-tu pas ? fait-elle en m'observant un moment. Je pense qu'il serait bon que tu t'amuses avec les autres.

Sans m'en demander la permission, elle m'empoigne, me transporte dehors et me laisse tomber dans le carré de sable.

— Joue avec Monique, dit-elle.

Monique était très jolie à quatre ans. Je me demande pourquoi je ne m'en souvenais pas.

Concentrée sur l'igloo de sable qu'elle est en train de construire, Monique ne m'adresse pas la parole. Je m'apprête à lui dire bonjour, mais me sens tout à coup timide.

Pourquoi une petite fille de quatre ans m'intimiderait-elle ? Après tout, elle ne m'a pas encore vu en sous-vêtements. Ça ne se produira pas avant encore huit ans.

— Bonjour, Monique, dis-je d'une voix puérile qui m'étonne.

Monique lève le nez d'un air dégoûté.

— Je n'aime pas les garçons.

— Eh bien, dis-je de ma petite voix aiguë, fais comme si je n'avais pas parlé.

Monique me dévisage avec l'air de ne pas très bien comprendre ce que je viens de dire.

— Tu es niaiseux, dit-elle finalement.

Je hausse les épaules et me mets à dessiner dans le sable du bout du doigt. Monique creuse un fossé autour de son igloo avant de se lever.

— Ne laisse personne écraser mon château, m'ordonne-t-elle.

Ce n'était donc pas un igloo.

— O.K., dis-je.

Elle s'éloigne et revient quelques minutes plus tard avec un seau plein d'eau. Elle en verse un peu sur le château, puis me jette le reste sur la tête.

— Niaiseux! crie-t-elle avant de s'enfuir.

Je me lève et me secoue comme un jeune chien. Je suis sur le point d'éclater en sanglots et de courir vers la monitrice pour me faire consoler, mais je réussis à me contrôler.

Monique se tient à proximité, prête à courir.

— Nan na! chantonne-t-elle. Attrape-moi si tu peux!

Je repousse les mèches humides collées sur mon front et la dévisage.

— Tu ne peux pas m'attraper! crie-t-elle.

Qu'est-ce que je peux faire d'autre que de la poursuivre. Je me mets à courir. Monique hurle et file jusqu'à un arbre près de la clôture. Une autre fillette se tient là. Est-ce Sissi?

Elle porte des lunettes à monture rose et un bandeau rose sur un œil.

J'avais oublié qu'elle avait porté ce bandeau jusqu'à sa première année.

Monique crie encore et s'accroche à Sissi, qui se met aussitôt à crier comme un putois.

Je m'arrête devant l'arbre.

— N'ayez pas peur, je ne vous ferai aucun mal.

— Oui, tu vas nous faire mal! hurle Monique. Au secours!

Je m'assois dans l'herbe pour prouver mes bonnes intentions.

— Il nous fait mal! Il nous fait mal! se mettent-elles à crier en sautant sur moi.

— Aïe! vous me faites mal!

— Tiens ses mains! ordonne Monique.

Sissi obéit et Monique se met à me chatouiller les aisselles.

— Arrête! crié-je.

— Non! répond Monique. C'est ta punition pour nous avoir attrapées!

— J'ai... rien...

Je n'arrive plus à parler. C'est une vraie torture.

— Oui, tu l'as fait! insiste Monique.

J'avais oublié à quel point Monique pouvait être autoritaire. Ça me donne à réfléchir. Pour le futur.

«Si jamais je retourne à mon âge réel, pensé-je, je n'aimerai peut-être pas autant Monique.»

— Arrête, s'il te plaît, tenté-je de nouveau.

— J'arrête si tu me promets quelque chose, dit Monique.

— Quoi?

— Tu dois grimper à cet arbre, d'accord?

Je regarde l'arbre sous lequel nous nous trouvons. Ce ne sera pas trop difficile.

— O.K. Lâchez-moi!

Monique se lève et Sissi me lâche les bras. Je me redresse et enlève le gazon de mon jean.

— Tu as peur, chantonne Monique.

— Non!

Quelle peste! Elle est presque aussi pénible que Sarah!

— Michel est un peureux! Michel est un peureux! entonnent maintenant les deux fillettes.

Je les ignore et attrape la branche la plus basse. C'est plus difficile que je ne l'avais pensé. Mon corps de quatre ans est loin d'être athlétique.

— Michel est un peureux!

— Taisez-vous! Vous ne voyez pas que je suis en train de grimper? Donc, si je suis en train de grimper, je ne peux pas en même temps être un peureux. Vous êtes ridicules!

Elles me dévisagent toutes les deux avec un regard absent, comme si je parlais chinois. L'effet de surprise passé, elles recommencent le même refrain.

— Michel est un peureux! Michel est un peureux!

Je soupire et continue de grimper. Ce n'est pas facile de m'accrocher avec mes petites mains. Mon pied glisse.

Une idée affreuse me traverse soudain l'esprit.

Attends une minute... non, ce ne peut pas être ça.

Est-ce vraiment l'année où je me suis fracturé un bras?

AAAAAAÏÏÏÏÏÏÏE!

19

Encore un autre matin.

Je bâille et ouvre les yeux. Je secoue mon bras gauche, celui que je me suis cassé en grimpant à l'arbre hier.

Mon bras va bien. Il est complètement guéri.

Je dois avoir encore reculé dans le passé. Cette brèche dans le temps a quand même un petit côté génial aujourd'hui : je n'aurai pas à supporter un plâtre.

Je me demande jusqu'où j'ai régressé.

Le soleil entre par la fenêtre de Sarah — non, ma fenêtre. L'ombre qui tombe sur moi est lignée.

J'essaie de descendre de mon lit, mais mon corps bute sur quelque chose.

Quoi ? Des barreaux !

Je suis entouré de barreaux ! Suis-je en prison ?

Je veux me lever pour mieux voir, mais je ne suis pas aussi habile ni aussi fort qu'hier.

Je réussis tant bien que mal à m'asseoir et à regarder autour de moi.

Je ne suis pas en prison, mais dans un lit de bébé.

Roulée en boule à côté de moi se trouve ma vieille doudou jaune. Un monceau d'animaux en peluche m'entourent. Je porte une camisole et...

Oh non!

Je ferme les yeux de dégoût. Je suis au bord de la crise de nerfs!

Ça ne peut pas être vrai. S'il vous plaît! Quelqu'un! Faites que tout ceci ne soit qu'un cauchemar!

J'ouvre les yeux pour vérifier si ma prière a été exaucée. Non. Je porte bien une couche.

Des couches!

Quel âge puis-je bien avoir? Jusqu'où suis-je remonté dans le temps?

— Tu es réveillé, mon petit Michou?

Maman entre dans ma chambre. Elle a l'air toute jeune. Je ne me la rappelais pas si jeune.

— As-tu bien dormi, mon petit canard? demande-t-elle.

Elle n'attend évidemment pas de réponse et me met plutôt un biberon de jus dans la bouche.

Ouache! Un biberon!

Je le retire et le jette par terre. Maman le ramasse et me le donne de nouveau.

— Non, non, fait-elle, patiente. Ne fais pas ton méchant. Bois ton biberon comme un grand garçon.

Elle le remet dans ma bouche. Comme j'ai soif, je bois. Ce n'est pas si mal, boire au biberon, une fois qu'on y est habitué.

Maman quitte ma chambre et je laisse tomber le

biberon. Il faut que je sache quel âge j'ai et combien de temps il me reste à vivre.

J'attrape les barreaux de mon lit et je réussis à me mettre debout.

«Parfait, me dis-je, je suis capable de me tenir sur mes jambes.»

J'avance d'un pas; mes muscles ne sont pas très forts. Je marche autour de mon lit.

«Je peux même marcher. Je dois avoir environ un an!»

Au même moment, je tombe et me frappe la tête contre les barreaux. Les larmes me montent aux yeux et je commence à chialer.

Maman arrive en courant.

— Qu'est-ce qui t'arrive, mon Michou?

Elle me prend dans ses bras et passe lentement sa main dans mon dos pour me consoler. Je n'arrête pas de pleurer; ça commence à être embarrassant.

Qu'est-ce que je vais faire? En une seule nuit, j'ai rajeuni de trois ans. Je n'ai que un an. Quel âge aurai-je demain?

Il faut que je trouve le moyen de faire avancer le temps avant de disparaître!

Mais comment?

Je ne vais même plus à la garderie, je suis devenu un pauvre petit poupon sans défense!

20

Maman m'annonce que nous sortons. Elle commence à m'habiller, puis prononce les mots que je craignais le plus.

— Je parie que j'ai deviné ce qui t'embête. Ta couche doit être sale.

— Non! Non! crié-je.

— Oui, oui, Michou. Viens...

Je préfère ne pas penser à ce qui arrive à partir de ce moment-là. Je bloque tout dans mon cerveau.

Je sais que tu dois me comprendre.

Lorsque le pire est enfin passé, maman me dépose dans mon parc—d'autres barreaux—pendant qu'elle vaque à ses occupations.

J'agite un hochet; je donne une poussée à un mobile au-dessus de ma tête et je le regarde tourner; je presse les boutons d'un jouet en plastique qui émet différents bruits: une cloche, une sonnerie et une alarme.

Si un bébé pouvait mourir d'ennui, c'est sûr que je serais mort aujourd'hui!

Maman me sort *enfin* de mon parc et m'enfile un chandail chaud et un affreux bonnet en tricot bleu poudre.

— Tu veux voir papa? me demande-t-elle.

— Pa-pa, dis-je.

J'aurais voulu dire : «Si tu ne m'emmènes pas tout de suite chez l'antiquaire, je me jette en bas de mon lit et je m'ouvre le crâne.»

Mais je ne peux pas parler. C'est tellement frustrant!

Maman m'emmène dans l'auto et m'attache dans le siège de bébé. «Pas si serré!» voudrais-je crier, mais je ne réussis qu'à hurler :

— Non, non, non, non!

— Cesse de me faire des misères, Michou. Je sais que tu n'aimes pas ton siège d'auto, mais c'est la loi, ajoute-t-elle en serrant encore un peu la ceinture.

Nous partons enfin.

«J'ai encore une chance, me dis-je. Si nous allons rencontrer papa à la sortie de son travail, nous serons tout près de l'antiquaire. Peut-être...»

Maman stationne l'auto en face du bureau de papa et me détache de mon siège. Enfin libre! Mais pas pour longtemps : elle m'installe dans une poussette et en attache la courroie.

Être un bébé, c'est comme être prisonnier. Je ne m'étais jamais rendu compte que ça pouvait être aussi cauchemardesque!

C'est l'heure du dîner. Une marée de travailleurs s'échappe de l'édifice à bureaux. Papa apparaît et embrasse maman.

Il se penche ensuite vers moi pour me chatouiller.

— Voilà mon petit garçon! dit-il.

— Dis bonjour à papa, m'encourage maman.

— Jour, pa-pa.

— Bonjour, Michou, répond papa, tout fier.

Mais, lorsqu'il se relève, il demande à voix basse:

— Chérie, est-ce qu'il ne devrait pas parler un peu plus? Le fils de Jacques Meloche a le même âge et il fait des phrases complètes. Il peut dire «Je veux mon toutou», «cuisine» et «ampoule».

— Ne recommence pas, chuchote maman, furieuse. Michou n'est pas lent.

Je m'agite dans ma poussette. Qui a dit que j'étais lent?

— Je n'ai pas dit qu'il était lent, chérie, s'excuse papa, j'ai seulement dit...

— Oui, tu as dit ça, insiste maman. L'autre soir, quand il a mis des petits pois dans son nez, tu as dit qu'il faudrait peut-être le faire examiner!

«Je me suis mis des petits pois dans le nez?» pensé-je avec un frisson.

Évidemment, se bourrer les narines de petits légumes verts n'est pas la chose la plus intelligente à faire, mais je ne suis qu'un bébé après tout. Papa exagère.

J'aimerais les rassurer en leur disant que je vais devenir un garçon passablement brillant — au moins jusqu'à l'âge de douze ans. Sans être un génie, j'obtiens presque toujours des A et des B en classe.

— Est-ce qu'on ne pourrait pas discuter de ça plus tard? propose papa. Je n'ai qu'une heure de libre et il faudrait se dépêcher de trouver un endroit pour manger.

— C'est toi qui as commencé, répond maman en reniflant.

Elle me pousse ensuite de l'autre côté de la rue et papa nous suit.

Je laisse mon regard vagabonder sur les devantures de magasin, sur un immeuble d'habitation, sur la boutique d'un prêteur sur gages, sur un café.

Puis je trouve enfin ce que je cherchais : *Aux merveilles d'autrefois.*

«Attention, petit cœur, me dis-je en essayant de calmer mes palpitations soudaines, ce n'est vraiment pas le moment de craquer!» Le magasin existe déjà! Mes yeux ne peuvent plus se détacher de l'enseigne.

Maman me pousse le long du trottoir : nous passons devant les appartements, devant la boutique du prêteur sur gages, puis devant le café.

Nous nous arrêtons devant la boutique de l'antiquaire. Mains dans les poches et regard ténébreux, papa se tient devant la vitrine. Je n'arrive pas à y croire. Après tout ce temps, la chance me sourit enfin !

Je regarde moi aussi la vitrine, cherchant à y voir l'horloge.

La devanture a été aménagée comme un vieux salon. Mes yeux glissent sur les meubles : une bibliothèque en bois, une lampe surmontée d'un abat-jour à franges, un tapis persan, un fauteuil à bascule et une petite pendule… mais pas d'horloge de parquet.

Ça y est! Je crois que je suis en train de tomber dans le coma !

21

J'ai envie de pleurer.

Bien sûr, je pourrais pleurer très facilement. Je suis un bébé après tout et tout le monde s'attend à ce que je verse régulièrement des larmes. Mais j'ai douze ans et mon orgueil a le même âge.

Papa ouvre la porte et nous fait passer devant lui, maman et moi.

Le magasin est rempli à craquer de vieux meubles. Un homme trapu, dans la quarantaine, vient vers nous. Derrière lui, dans l'allée, j'aperçois enfin l'objet de mes rêves : l'horloge. *Le coucou !*

Un cri excité m'échappe. Je me mets à gigoter dans ma poussette. Je suis tellement près du but !

— Puis-je vous être utile ? demande l'homme à mes parents.

— Nous cherchons une table de salle à manger, dit maman.

Il faut que je sorte de cette poussette ; il faut que j'atteigne cette horloge.

J'ai beau gigoter, ça ne donne rien, je suis bien attaché.

— Sortez-moi de là! crié-je.

— Qu'est-ce qu'il a dit? demande papa.

— Ça ressemblait à «Lé la lé la», suggère l'antiquaire.

Je me mets à me balancer dans ma poussette en criant.

— Il déteste cette poussette, explique maman en me détachant. Je vais le prendre dans mes bras un moment et il se calmera.

Dès que je suis dans ses bras, je me remets à hurler et à me contorsionner.

— Qu'est-ce qu'il y a, Michel? fait papa en rougissant.

— Terre! Terre!

— C'est bon, marmonne maman. Je vais te déposer par terre, mais cesse de crier.

Je me calme immédiatement et me mets à tester mes petites jambes. Elles ne pourront pas me porter très loin, mais c'est tout ce dont je dispose pour le moment.

— Ne le quittez pas des yeux! avertit l'antiquaire. Beaucoup d'objets sont fragiles.

Maman attrape ma main et m'entraîne plus loin.

— Allons voir les tables, dit-elle.

Je cherche désespérément à me détacher d'elle en gémissant, mais sa poigne est ferme. Impossible de m'enfuir.

— Chut! Michou, fait-elle.

Je la laisse me conduire jusqu'aux tables sans perdre l'horloge des yeux. Il est près de midi.

À midi, le coucou va sortir de sa cachette et c'est ma seule chance de lui faire pivoter la tête.

Je tire de nouveau sur la main de maman, mais elle me tient encore plus fermement.

— Que penses-tu de celle-ci, chérie? demande papa.

— Je pense qu'elle est trop foncée pour nos chaises, Richard, répond maman dont le regard a été attiré par un autre meuble.

Impuissant, je la suis jusqu'à cette deuxième table en regardant l'horloge. L'aiguille des minutes avance inexorablement. Plus que deux minutes avant midi.

— On n'a pas les moyens de faire les difficiles, dit papa. Les Berger viennent souper samedi soir. On n'a pas beaucoup de temps devant nous.

— Je sais, chéri! Mais nous n'achèterons pas une table que nous n'aimons pas.

— Pourquoi ne pas mettre une couverture par terre et faire un pique-nique?

La voix de papa commence à monter et maman a son regard dur.

Une querelle! Quelle chance! Maman relâche sa poigne et je m'échappe. Je marche le plus vite possible vers l'horloge.

L'aiguille avance toujours. J'entends mes parents discuter.

— Nous n'achèterons pas une table affreuse, c'est tout! crie maman.

S'il vous plaît, qu'ils m'oublient quelques minutes! J'atteins finalement l'horloge au moment où la porte du coucou s'ouvre.

L'oiseau sort et chante une fois; deux fois.

Je le regarde sans bouger. Je suis un gars de douze

ans prisonnier d'un corps de bébé.

Il faut que j'attrape ce coucou ; il faut que je lui remette la tête à l'endroit.

22

Coucou! Coucou!
Trois, quatre.
Dès qu'il chantera le douzième coup, je serai perdu.
Dans un jour ou deux, je disparaîtrai à jamais.
Énervé, je cherche une échelle, un escabeau, n'importe quoi pour grimper.
Il y a une chaise tout près. Je me mets à la pousser vers l'horloge ; elle bouge de trois centimètres.
Je me penche, poussant avec toute l'énergie de mes dix kilos. C'est suffisant : la chaise se met à glisser lentement.
Coucou! Coucou! Cinq, six.
Je pousse la chaise contre l'horloge. Le siège m'arrive au menton. J'essaie de grimper, mais mes bras sont trop faibles.
Je pose mon pied sur un des barreaux et me hisse difficilement en m'agrippant au dossier.
J'ai réussi !
Coucou! Coucou! Sept, huit.
Je me mets à genoux, puis debout.

J'étire le bras pour atteindre le coucou.

Coucou! Coucou! Neuf, dix.

Je m'étire, je m'étire. Puis j'entends crier l'antiquaire :

— Attrapez ce bébé, quelqu'un !

23

J'entends des pas qui se rapprochent de moi.

Je m'étire pour atteindre le coucou ; plus que deux centimètres…

Coucou ! Onze.

Maman m'attrape et me soulève dans ses bras. Pendant une fraction de seconde, le coucou est à la portée de ma main. Je l'attrape et lui tourne la tête dans le bon sens.

Coucou !

Douze.

Le coucou réintègre sa cachette en regardant droit devant lui.

Je me démène comme un vrai petit diable à tel point que maman doit me déposer de nouveau sur la chaise.

— Michou, pour l'amour du ciel, qu'est-ce qui te prend ? crie-t-elle en essayant de me faire tenir tranquille.

Je réussis à me déplacer et atteins le côté de l'horloge. J'aperçois le petit cadran qui donne l'année. Je tourne le bouton tout en regardant les années qui défilent devant mes yeux.

— Éloignez ce bébé de l'horloge ! crie l'antiquaire.

Maman va pour m'attraper de nouveau, mais je crie si fort qu'elle fige sur place.

— Michel, ça suffit ! m'ordonne papa.

J'enlève ma main du bouton au moment où le cadran affiche la bonne année, l'année de mes douze ans.

Maman se penche vers moi et je m'abandonne enfin dans ses bras.

Peu importe ce qui arrive à partir de maintenant. Ou bien l'horloge fonctionne et je vais retrouver mes douze ans…

… ou alors elle ne fonctionne pas et…

Et je disparaîtrai pour toujours.

— Je suis terriblement désolé, fait papa à l'antiquaire. J'espère que le bébé n'a pas abîmé l'horloge.

Les muscles de mon cou se tendent. Rien ne se passe. Rien !

J'attends encore.

L'antiquaire inspecte soigneusement l'horloge.

— Tout semble en ordre, dit-il à papa, mais il a changé l'année. Je vais la changer de nouveau.

— NON ! hurlé-je. Non !

— Si vous voulez mon avis, fait l'homme, cet enfant aurait besoin d'un peu plus de discipline.

Il étire son bras vers le cadran et prend le bouton entre ses doigts.

24

— Non! Non!

«C'est fini, pensé-je. Je suis perdu.»

Mais l'antiquaire n'arrive pas à tourner le bouton.

Un éclair nous aveugle. Je me sens étourdi, presque nauséeux. Je cligne des yeux.

Plusieurs secondes passent avant que je puisse voir quelque chose.

On dirait qu'il fait frais, que ça sent la poussière, comme dans le garage.

— Michel? L'aimes-tu? fait la voix de papa.

Je cligne des yeux. J'aperçois papa et maman. Ils paraissent plus vieux, normaux.

Nous sommes dans le garage et papa tient une bicyclette neuve devant moi.

— Te sens-tu bien, Michel? demande maman, inquiète.

Ils sont en train de m'offrir un vélo. C'est mon anniversaire!

L'horloge a fonctionné! Elle m'a ramené dans le présent!

Presque dans le présent puisque je fête mon douzième anniversaire.

Je me sens si heureux que j'ai peur d'exploser. Je me jette au cou de mes parents pour les embrasser.

— Fantastique! s'écrie papa. Tu dois vraiment l'aimer!

— Je l'adore! J'aime tout! J'aime le monde entier!

En fait, j'adore avoir douze ans de nouveau. Je peux marcher, je peux prendre l'autobus tout seul!

Attends une minute! C'est mon anniversaire. Ne me dis pas que je vais devoir le revivre une autre fois.

«Ça vaut la peine, me dis-je pour m'encourager. Ça vaut la peine si le temps continue d'avancer comme il se doit.»

Je sais bien ce qui va ensuite se passer: Sarah!

Elle essaiera ma bicyclette, la fera tomber par terre.

«D'accord, Sarah, pensé-je. Viens, et fais toutes les bêtises que tu veux.»

J'attends. Sarah ne vient pas. On dirait qu'elle n'est pas là. Il n'y a aucun signe d'elle.

Papa et maman s'extasient devant ma bicyclette et n'ont pas l'air de penser que quelque chose va de travers, que quelqu'un manque à l'appel.

— Où est Sarah? demandé-je.

Ils lèvent les yeux.

— Qui?

— L'as-tu invitée à ton anniversaire? demande maman. Je ne me rappelle pas avoir vu ce nom sur les cartes d'invitation.

— Sarah? demande papa. Est-ce une autre de tes conquêtes?

— Non, fais-je en rougissant.

On dirait qu'ils n'ont jamais entendu parler de Sarah, leur propre fille.

— Va vite te préparer, suggère maman. Tes amis vont bientôt arriver.

— D'accord.

Hébété, je rentre dans la maison.

— Sarah?

Rien que le silence. Se cache-t-elle?

Je fais le tour de la maison, puis je rentre dans sa chambre.

Je m'attends au capharnaüm familier qui caractérise ma petite sœur, mais je ne vois que deux lits jumeaux aux couvertures bien tirées, une chaise et une penderie vide.

Ce n'est pas la chambre de Sarah, c'est la chambre d'amis.

Pas de Sarah. Elle n'existe pas. Comment cela a-t-il pu se produire?

Je descends dans le salon. Pas d'horloge. Pendant une seconde, je suis terrifié.

Puis j'y pense: nous n'avons pas encore d'horloge. Elle n'est arrivée que quelques jours après mon anniversaire.

Mais je ne comprends toujours pas ce qui est arrivé à Sarah. Où est-elle?

Mes amis arrivent pour la fête. Nous écoutons de la musique et mangeons des croustilles. Sissi m'entraîne dans un coin et me chuchote à l'oreille que Monique est amoureuse de moi.

Je regarde Monique dont les joues rosissent.

Sarah n'est pas là pour m'embarrasser ; cela fait toute la différence.

Mes amis m'offrent des cadeaux et je les ouvre moi-même. Pas de « petit monstre » pour les déballer avant moi.

J'emporte le gâteau dans la salle à manger et le dépose au centre de la table. Sans problème. Pas cette « petite peste » pour me faire culbuter.

C'est le plus bel anniversaire de ma vie… parce que Sarah n'est pas là pour le gâter.

Quelques jours plus tard, l'horloge arrive à la maison.

— N'est-elle pas magnifique ? s'exclame papa. L'antiquaire me l'a vendue moins cher, car il dit qu'elle a un petit défaut.

Le défaut. Je l'avais presque oublié.

Nous ne savons toujours pas ce qu'elle a, mais je parie que cela a un rapport avec la disparition de Sarah.

Peut-être l'horloge fonctionne-t-elle mal.

Je ne veux d'aucune façon toucher à cette horloge de malheur. Pas question de recommencer à voyager dans le temps. Mais je veux apprendre ce qui est arrivé.

J'étudie soigneusement le devant de l'horloge, puis toutes les décorations. Je reste finalement planté devant le cadran des années sans pouvoir en détourner les yeux.

Il indique bien l'année en cours.

Sans y penser, je parcours des yeux les années du cadran pour trouver celle où je suis né.

La voilà! Je remonte ensuite lentement le cours du temps. 1984. 1985. 1986. 1987. 1989...

Une seconde. Est-ce que j'ai passé une année? Je regarde encore les dates. Il manque 1988. Et 1988 est l'année de la naissance de Sarah.

— Papa! crié-je. J'ai trouvé le défaut! Regarde... il manque une année sur l'horloge.

— Bravo, jeune détective! C'est amusant, non?

Pour lui, ce n'est qu'une erreur amusante.

Il ne sait pas que sa fille n'est jamais née.

J'imagine qu'il y a moyen de retourner chercher une petite sœur dans le passé. Je devrais sûrement le faire.

Et je le ferai... vraiment.

Je le ferai... un de ces jours.

Peut-être...

Rien ne presse.

UN MOT SUR L'AUTEUR

R.L. Stine a écrit une trentaine de romans à suspense pour les jeunes, qui ont tous connu un grand succès de librairie. Parmi les plus récents, citons *La gardienne III*, *Rendez-vous à l'halloween*, *Vagues de peur* et *Le chalet maudit*.

R.L. Stine habite New York avec son épouse, Jane, et leur fils, Matt.

À PARAÎTRE

N° 29
SANG DE MONSTRE III

Ah ! le sang de monstre !... cette substance verte et gluante fait encore des siennes.

Christophe, Marie-Odile (Mario pour les amis) et Xavier sont entraînés encore une fois dans une série d'aventures toutes plus farfelues les unes que les autres.

Même si Xavier est un génie en son genre, c'est aussi et surtout une petite peste qui met tout en œuvre pour attirer son cousin Christophe dans les pires ennuis.

Mais Christophe et Mario en ont assez. Pour se venger, ils décident de sortir le sang de monstre de sa cachette. Ils mettent une petite quantité de la substance magique dans une des savantes mixtures de Xavier, mais l'effet attendu est raté... Et le drame commence !

Dans la même collection

SANG DE MONSTRE

Durant un séjour forcé chez sa grand-tante Adèle, Christophe achète dans une boutique de jouets une vieille boîte en métal rouillé, étiquetée *Sang de monstre*. Au début, c'est un plaisir de jouer avec la curieuse substance, mais le plaisir devient vite un cauchemar.

SOUS-SOL INTERDIT

Le docteur Brassard fait quelques expériences avec des plantes dans son sous-sol. Il n'y a pas de quoi s'alarmer. C'est tout à fait inoffensif. Toutefois, Martine et Jonathan s'inquiètent à propos de leur père. Surtout lorsqu'ils font connaissance... avec certaines plantes qu'il cultive.

D'ÉTRANGES PHOTOS

Grégoire pense que le vieil appareil photo que lui et ses amis ont trouvé est défectueux. Les photos ne sortent pas comme elles le devraient. Comme celle qu'il prend de la voiture toute neuve de son père et qui la montre complètement démolie. L'appareil photo serait-il diabolique ?

LA MAISON DE SAINT-LUGUBRE

Lisa et Jean trouvent la maison dans laquelle ils viennent d'emménager bien étrange. Inquiétante même. Hantée peut-être ? Même leurs nouveaux amis ont quelque chose de très particulier...

Dans la même collection

N° 5

PRISONNIERS DU MIROIR

Le jour de son douzième anniversaire, Éric découvre un miroir dans le grenier. Un miroir qui peut rendre invisible. Éric et ses amis en font tout de suite leur jeu préféré. Mais ce jeu peut devenir dangereux. Surtout si Éric perd le contrôle de la situation!

LE TOMBEAU DE LA MOMIE

N° 6

Gabriel s'est perdu. Dans une pyramide. Une seconde plus tôt, sa cousine Sari était juste devant lui dans le tunnel. Mais maintenant, Gabriel ne la voit plus nulle part. Pourtant, Gabriel n'est pas seul. Alors, qui est là, avec lui, dans les ténèbres?

N° 7

LE PANTIN DIABOLIQUE

Lydia trouve un pantin de ventriloque. Karine, sa sœur jumelle, est bien décidée à s'en procurer un elle aussi. Cependant, des événements étranges commencent à se produire. Le pantin pourrait-il en être la cause?

LA FILLETTE QUI CRIAIT AU MONSTRE

N° 8

Lucie a tellement raconté d'histoires de monstres que sa famille et ses amis ne l'écoutent plus. Mais un jour, Lucie découvre un vrai monstre: le bibliothécaire responsable du programme de lecture estival. Tant pis pour Lucie, si le monstre s'intéresse à elle de très, très près.

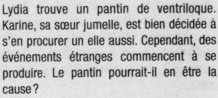

Dans la même collection

N° 9

LE FANTÔME D'À CÔTÉ

Pour Anna, les choses ne sont plus tout à fait comme avant depuis qu'une nouvelle famille a emménagé à côté de chez elle. Le garçon est bizarre et il disparaît de façon si étrange... Anna serait-elle hantée par le fantôme d'à côté?

BIENVENUE AU CAMP DE LA PEUR

N° 10

Que se passe-t-il donc au camp Bellemare? Pourquoi les amis de Jonas disparaissent-ils? Qui rôde autour du camp, la nuit? Le camp va-t-il se transformer en camp de la peur? Et Jonas va-t-il, lui aussi, disparaître?

N° 11

LE MASQUE HANTÉ

Carole a déniché un masque d'Halloween si affreux, si laid, que même ses meilleurs amis ne veulent plus l'approcher. Carole le voulait comme ça. Pour se venger. Après tout, l'Halloween ne dure qu'un soir... Mais le masque, lui, combien de temps va-t-il durer?

JOËLLE, L'OISEAU DE MALHEUR

N° 12

Joëlle Pigeon est la risée de l'équipe féminine de basket-ball. Une bombe à retardement... Mais les choses sont sur le point de changer. Joëlle ne songe pas à se méfier. Pourtant, si ses souhaits se réalisent, sa vie pourrait bien être transformée en cauchemar.

Dans la même collection

N° 13

LA MORT AU BOUT DES DOIGTS

Jérôme fait la découverte d'un vieux piano poussiéreux. Ses parents lui offrent de prendre des cours de musique. Tout va bien au début. Mais son professeur est bizarre… vraiment bizarre. Puis Jérôme entend des histoires terrifiantes d'élèves qui vont à leur cours… et ne reviennent jamais.

LE LOUP-GAROU DU MARAIS

N° 14

Tout a commencé avec les hurlements. Ensuite, il y a eu le lapin mort, déchiqueté en mille morceaux… Tout le monde pense que le chien de Grégoire est le coupable. Mais Grégoire sait bien que les chiens n'ont pas l'habitude de hurler les soirs de pleine lune… Ou de disparaître à minuit… Ou de se transformer en étranges créatures… Ou peut-être que… oui !

N° 15

JE N'AI PEUR DE RIEN !

Colette se croit brave. Elle fait passer Étienne et ses amis pour des mauviettes. Mais Étienne en a assez. Il sait qu'elle croit à la légende des monstres de boue qui habitent le marais. Et il a un plan qui ne peut rater. Dommage qu'Étienne n'y croie pas, lui aussi, car il se pourrait que les monstres existent vraiment.

Dans la même collection

UNE JOURNÉE À HORREURVILLE

La famille Maurice se retrouve, un peu par hasard, au parc d'attractions d'Horreurville. Un endroit dont ils n'ont jamais entendu parler. Le lieu est sinistre. Une pancarte indique même : PERSONNE NE SORT VIVANT D'HORREURVILLE. Lorsqu'on a vraiment peur, ce n'est plus drôle. Comment cette famille va-t-elle s'en sortir ?

PRIS AU PIÈGE

Gaby Pothier se sent mal dans sa peau. Il n'a pas d'amis. Il pense même que sa petite sœur ne l'aime pas. Il en a assez de la vie qu'il mène. Une solution : changer de corps avec quelqu'un d'autre. Son rêve va devenir réalité. Mais le bonheur prévu tourne vite au cauchemar… un cauchemar bourdonnant !

SANG DE MONSTRE II

Christophe Pépin est obsédé par le souvenir du sang de monstre de l'été dernier. Mais son prof d'histoire ne croit pas un mot de cette histoire. Il pense qu'il ment. Et la situation s'aggrave encore quand sa copine Mario arrive en ville avec une surprise… une substance verte, visqueuse, qui commence à s'étendre…

N° 22

LA PLAGE HANTÉE

Mathieu est intrigué par l'étrange caverne que sa sœur et lui viennent de découvrir près de la plage. Trois jeunes rencontrés par hasard leur racontent qu'elle est habitée par un fantôme vieux de cent cinquante ans. Un fantôme qui en sort les soirs de pleine lune pour hanter la plage. Mais qui pourrait croire pareille histoire ? À moins que…

LA COLÈRE DE LA MOMIE

N° 23

Après ce qui lui est arrivé là-bas la dernière fois, Gabriel est un peu nerveux à l'idée de retourner dans la région des pyramides en Égypte. Et voilà qu'il entend parler d'une incantation qui permettrait de ramener une momie à la vie. Son oncle n'y croit pas une seconde, mais quelque chose semble bouger à l'intérieur du tombeau. Une simple incantation peut-elle vraiment réveiller une momie ?

N° 24

UN FANTÔME DANS LES COULISSES

La pièce de théâtre *Le fantôme* sera bientôt jouée à l'école. Émile, l'ami de Charlotte, a décroché le rôle principal. Il en est fier et prend son rôle au sérieux. Bien vite, des incidents curieux se produisent : Charlotte trouve un horrible masque dans son casier, la toile de fond de la scène est barbouillée de peinture rouge, les pages du scénario de la pièce sont collées… Quelqu'un essaierait-il de tout gâcher ? Ou y a-t-il vraiment un fantôme qui hante la salle de spectacle ?

ACHEVÉ   D'IMPRIMER
EN   NOVEMBRE   1996
SUR   LES   PRESSES   DE
PAYETTE   &   SIMMS   INC.
À SAINT-LAMBERT (Québec)